春秋杂记

杨志奇 | 著

华龄出版社
HUALING PRESS

责任编辑：董　巍
责任印刷：李未圻

图书在版编目（CIP）数据

春秋杂记 / 杨志奇著．-- 北京：华龄出版社，2019.12

ISBN 978-7-5169-1551-6

Ⅰ．①春…　Ⅱ．①杨…　Ⅲ．①中国文学—当代文学—作品综合集　Ⅳ．①I217.2

中国版本图书馆 CIP 数据核字（2020）第 005769 号

书名：春秋杂记
作者：杨志奇 著

出 版 人：胡福君
出版发行：华龄出版社
地　　址：北京市东城区安定门外大街甲 57 号　**邮编：**100011
电　　话：010—58122241　**传真：**010—84049572
网　　址：http：//www. hualingpress. com

印　　刷：三河市华东印刷有限公司
版　　次：2020 年 5 月第 1 版　2020 年 5 月第 1 次印刷
开　　本：710×1000　1/16　**印张：**17. 5
字　　数：180 千字
定　　价：95. 00 元

序

心系文学　行践公仆　思成文献

杨志奇《春秋杂记》整理之初，我主动承揽弁言序文。

我知道：肯定会有这么一部书，由他来写，至于写什么叫什么，我不知道，也未去想。

他知道：肯定会有这么一篇文章，由我来作，究竟会写成什么样子叫什么题目，我们不知道，却都在去想。

杨志奇的《春秋杂记》打印稿呈现在我面前，比预期晚了几天。卷轶厚重、规模宏大、体例完备。“事就这样成了”，“一切所造的都甚好”。

享受《春秋杂记》第一位读者的荣耀和幸福令我欣喜异常、如获至宝，担纲弁言序文的使命和责任令我庄严肃穆、潜心研究。

独乐乐不如众乐乐，分享和共享是读书人根本的道义和旨趣。

峡尽天开朝日出，山平水阔大城浮。

这大城，是一部书：《春秋杂记》。

这大城主，是一个人：杨志奇。一个有故事的人。

我们从三个方面见证、倾听、传扬他的故事。

心系文学

“我们家世代都是农民，因为穷没有出过一个读书人。父亲和母亲商量，做出了一个重要决定：家里再苦再穷也要供个孩子上学。我是儿子中的长子，又喜欢读书，就成了首选。”（杨志奇《春秋杂记 ·父亲的渴望》）

“我总算熬到了高中毕业，在家乡那个山沟里，也算是一个有文化的人了。后来还有机会参加了工作，先在财政局当会计，后被调到康县县委宣传部做新闻报道工作，并自修中文，开始在报上发表文章了。这在家乡传开，有人说：‘杨铁匠家门风转了。’”（杨志奇《春秋杂记·父亲的渴望》）

再回首，杨志奇已年过七旬。朴实无华的语言、平和淡定的语气掩藏不住人生初年那个“重要决定”对于自己乃至整个“家风”石破天惊的轰鸣和回响，坦露出对做出这“重要决定”的父母亲思忆无限、感恩无尽的赤诚缅怀和赤子情怀。

《春秋杂记》没有收录杨志奇早期的“新闻报道”和文学作品。《春秋杂记》中的110篇散文、游记、诗歌 、评论和杂文大部分写于最近20年，却洋溢杨志奇最早的情怀，坦承杨志奇最初的感受，展现杨志奇最好的梦想，这就是即便此时说出他也会脸红心跳、欲说还休的“文学情”——这是杨志奇原本的初恋、终生的追求、永远的情人。

《登泰山记》《庐山感悟》《印象桂林》《海滩遐想》等题目，我先是勾出诸如“记、感悟、印象、遐想”类后缀，又划掉勾出改成圈定。我体会到杨志奇面对文学写作时的敬谨、谦逊、忐忑和仰望；辉煌灿烂、高大巍峨的文学殿堂真实、现实，无处不在、无时不有，怎么能够恣情肆意、口无遮拦呢。不可童言无忌，不敢人师自居，不能老气横秋。

从《白云的故乡》出发,《寻根拜祖》《走近孔子》,回忆《我的童年》,触摸《我的初心》,想起《母亲的针线包》《父亲的渴望》《铁匠世家》以及《写给妻子的两篇祭文》,这些《远去的记忆》都是杨志奇《刻在心里的碑文》。

心系文学的杨志奇用作品见证了他的文学梦想,虽然时刻经受"黄叶无风自飘零,秋云不雨长阴沉"的孤独、落寞和冷凛,但他面对浩浩荡荡的后来者,瞭望浩瀚璀璨的文学星空,豪情万丈、信心百倍:"我若能有回天力,锁住春天不放行。"(杨志奇《春秋杂记·惜春》)

践行公仆

"我出生在贫苦的农民家庭,生活在一个树木浓郁、绿水环绕的小村庄。自幼耳濡目染农家气息,接受农民勤劳、节俭、朴实情怀的熏陶……他们每做一件事情,都非常卖力,非常认真。"(杨志奇《春秋杂记·我的初心》)

诵读着"锄禾日当午,汗滴禾下土。谁知盘中餐,粒粒皆辛苦"的古诗,杨志奇一步一步走进学校,走向社会,走上工作岗位。在党的培养下,曾担任过县委秘书、县委办公室主任、康南林业总场场长、礼县县委副书记,后来在康县县委常委、人大常委会主任职位上光荣退休。

"一粥一饭当思来之不易,半丝半缕恒念物力唯艰",始终在耳边回响。杨志奇在党组织特别是上级领导、良师益友刘守业等同志的严格要求、悉心培养和热情帮助下,把"说实话、办实事、求实效"作为一生工作的座右铭,深深铭刻于心,成为律己带兵的路标和准心。他说:"实话从调查研究中来,实事从人民群众的需求中做,实效从实干中求。"

干一行、爱一行，干一行、钻一行，夙夜在公，驰而不息，用自己的艰苦奋斗创造了可圈可点的业绩，践行了为人民服务的根本宗旨，诠释了共产党人的本色——人民公仆。非常值得一提的是杨志奇的家国情怀，他的作品经常把家庭、家乡和国家紧密地联系在一起。他在《访问千岛湖》中感慨“金山银山有尽时，绿水青山永不竭”。参观“锁岛”时，他也买了一把锁锁在铁链上，并发愿“一定要为子孙后代保护好绿水青山”，追求人与自然和谐共生。在《杭州行记》中他游览了西湖后，便去考察杭州的丝茶产业，“因为它们和我的家乡有牵挂，康县也适宜养蚕种茶，‘南茶北桑’为康县特色产业发展战略，如何做大做强仍是一个需要研究的课题”，“景观游览，犹如过眼云烟，考察丝茶或将造福乡邻。促进家乡发展，是我的心愿”。在《三峡文絮》中他看了大坝工程后发出高声的呐喊：“展望未来，‘长风破浪会有时，直挂云帆济沧海’。中国人民有共产党领航，一定会在历史长河中，向着新的航向继续扬帆进发，创造更壮丽的辉煌。”登上《东方明珠》，“瞭望上海，那种祖国伟大，祖国强盛，祖国在前进的自豪感油然而生，一个个创造了奇迹的中国故事在脑海中浮现”。《神仙在哪里》有了明确的回答：“神仙在天上，神仙在地下，神仙在海里，神仙在田间。他们上天‘揽月’，下海‘捉鳖’，建造‘海市蜃楼’，冲破封锁岛链，创造粮食高产，为民众排忧解难。他们谋划未来，建设美丽家园，保卫中华疆土，捍卫祖国平安。不是神仙，胜似神仙。”《登泰山记》：“古之帝王祭天拜地，以求江山稳固，国泰民安。我以为人民就是泰山，是民族之根本，国家之基石，人民是天，人民是地，人民才是不可动摇的泰山。”

一颗颗珍珠自然地摆放在那儿，用不着匠心独运，真丝金线就连缀成一条条精彩纷呈的项链：人民公仆爱人民，人民公仆人民爱。悬挂于胸、珍藏于心，贴着这温暖，令人民公仆牢记使命、不忘初心、砥砺前行。

思成文献

杨志奇《春秋杂记》起心于文学梦，现身于公仆行，其心也真，其行也正，竟然成全了一部“每文必真，每事必实，每说必信，每思必行”的珍贵文献。

杨志奇《春秋杂记》有神话中人，有历史中人，有当代和当下中人，有党和国家领导人，有地方和部门管理者，有栩栩如生的普通百姓。从文献学的角度来看：胡耀邦、胡锦涛、温家宝等领导人莅临陇南大地慰问群众、调查研究、指导实践的事迹和活动，尤其是作为亲历者，杨志奇具体而细微的记录和讲述，弥足珍贵、不可多得。“我给总书记谈话做记录”，“创造营林致富的新经验”。

康县长坝镇胡锦涛喂养的“蚕宝宝”，手植的“胡公桑”郁郁葱葱，“康县蚕桑纪念馆”巍然屹立。温家宝在康县长坝镇花桥村抗震救灾时的情景历历在目、言犹在耳。昔日默默无闻的小山村，蜚声海内外，成为4A级旅游观光胜地。

20世纪80年代，以刘守业为班长的康县一班人，“说实话、办实事、求实效”的“三实”作风和以张学忠为班长的陇南地委一班人实施的“四个一”扶贫方略，在治穷致富、改变落后面貌方面发挥了重要的指导和引领作用。

21世纪初，由任跃章、杨志奇等同志组成的领导集体，深入康县田间地头、厂矿企业、部门单位广泛调研，从“南茶北桑”到“南茶北桑、全县核桃、区域花椒”，再到“乡村旅游、生态观光”特色兴县富民思路的逐步形成和完善，特别是“几任将军一道令，咬定青山不放松”，“新任向着上任学，新班接着老班干”的良好工作心态，对于当下和今后都具有现实意义。

杨志奇故乡的乡绅贤达，清朝乾隆时期举人吴作哲知云南禄劝县，遭逢大旱、饿殍时现，吴作哲“先发后闻”果断开仓赈灾，史书曰“此非俗吏之所能为也”，“吴青天”有口皆碑、传颂至今。其子吴鹏翱，弃官就学，考古论今，潜心修史，编著《武阶备志》，收入《四库全书》，开陇南志书之先河，亦为当代学人之宝典。清末举人黄居中参加举世闻名的“公车上书”救国改良运动，知贵州铜仁府，处理积弊，秉公办事，享誉乡里，名留青史。杨志奇挚友黄俊武含英咀华，荜路蓝缕，主编《康县志》成为当代史志的标兵和范本。

这些专业人士知悉、社会大众“首次听闻”的人物和史料，因为杨志奇《春秋杂记》而浮出水面、免于尘封，后辈学人，追踪溯源，毕竟有章可循、有据可查、有师可问了。

更为可贵的是，杨志奇《春秋杂记》一方面要言不烦、当简必简，另一方面，百分之八九十的文章，时间、地点、人物、事件等要素齐全、绝不马虎，行文从容不迫、张弛有度，议论言简意赅、理性客观。想去白帝城，想谒滴水洞，欲讨列强，欲求公理，规划养生，防治未病，《春秋杂记》皆有确切信息、确定思路、确凿证据、确实结论。一册在手，一卷在案，实有征询顾问之能耐，是广大读者随时可查、实用方便的搜索引擎和良师益友。

从这种意义上讲，杨志奇《春秋杂记》已经历史地担当起“志书”重任，必将作为地方文献史料，受到众多学人的青睐与关注。

杨志奇《春秋杂记》付梓在即，幸而作序，亦为平生得意之事也。

2019年7月8日至9日撰于盘旋路006号

朱泉雨

（著名诗人、作家、评论家）

目　录
CONTENTS

第一篇 01

神奇山川

山　魂

我出生在一个群山叠翠，碧水环抱的小山村。自小在泥土和田野里滚打，是山的乳汁把我养大。也许正是这个缘故，我非常喜欢山。喜欢山的美貌多姿，喜爱山上的一草一木，一泉一石，是山把四季装点得风流潇洒；喜欢山的厚道豁达，她胸怀宽阔，厚德载物，竟能把金木水火土全部容纳，山的怀抱里容纳着肥沃的土地，茂密的森林，青青的草坡，收养着无数的珍禽异兽，蕴藏着丰富的宝藏；喜欢山的大公无私，她尽其所有，年年岁岁，世世代代奉献给勤劳的人们，从不苛求有所回报；喜欢山的刚正不阿，她对世界的任何人都是那样的公平公正，永远保持特有的坚毅柔情。惊涛拍岸，得失无意；雷电不惊，寒暑不惧；静观沧桑，从容应对。

天下的山，脉络相通；三山五岳，根基相连；峰峦叠嶂，雄伟壮观；阴阳交错，奥秘神奇。山是云的故乡，每当清晨雨后，云总是从山坡上冉冉浮起，有意把山与天连在一起。倘若登高远眺，仿佛进入云海岛国，气势磅礴无比。山是水的源头，山泉细流汇集一道，构成汹涌澎湃的江河，以独有的功能泽润大地，造福人类。山是洞天境域，把亿万年乾坤中所有的精彩都收藏在溶洞里，打造成一个个奇异的天然博物馆，供人们详细解读，观赏玩味。山是佛道圣地，修行净土，悠久的寺庙文化，崇尚道德，惩恶扬善，经历多少贤人志士顶礼膜拜。山是国的脊梁，是民族之魂，大山的儿女们以沸腾的热血不断浇筑，以不散的忠魂日夜守护。

这山，藏龙卧虎，天造神秘，是一个“其中林秀无人识”的风水宝地。上下五千年，曾孕育了无数的圣贤英杰，培植出万古不朽的“菩提树”。这山，像一双双超长的手臂，一次次掩起光芒四射的太阳，普照大地，温暖生灵，让万物永恒地沐浴阳光，永远生机勃发。

2009 年夏

白云的故乡

顾名思义，这里是白云升起的地方。这里的海拔并不高，气候温和，雨量充沛，林木茂密，风景优美。有人风趣地给这个山城取了几个外号。

有人说它是云城。这里四面环山，每当清晨或雨后，白云总是从半山腰缓缓升起，漫过松林，越过山梁，一直上到白云仙姑住的巅峰，随后便慢慢飘上天空。

有人说它是水城，有三官河、碾坝河、黑坛寺河三条小河绕城而过，在大峡口汇合在一起，就成了一个小有名气的燕子河。

还有人说它是桥城，水多便桥多，点一支香烟就能走一圈儿的小城，竟有15座桥，用桥梁沟通东西南北中。不过现在城市扩建了，没有那么小了，有个善于咬文嚼字的骚客，给小县城写了一首回文诗："水绕道行道绕水，山浮云时云浮山，林掩楼兮楼掩林，园融城兮城融园。"用以赞美山城景观。这个美丽的山城，就是甘肃省康县县城。

1984年8月，时任县委书记刘守业、县长郝洪涛合计，要打扮一下这个山城，提出的口号是建造"公园式的县城，森林式的公园"。当时财政拮据，资金困难，于是便组织职工义务劳动，挖山平园，搬石砌

坎，栽树种花，修路拉电。利用多方筹集的有限资金，经过两年的努力，建楼台亭阁。说来也巧，天赐良机，1985 年 10 月，迎来了胡耀邦总书记沿长征路视察，途径康县，听了汇报后，挥笔题写了“白云山公园”园名，为其添了神采之笔，大大提高了公园的知名度。

现在公园设施逐步完善，功能逐步齐全，园内建造了文化广场、博物馆、职工俱乐部、老干部活动中心。白云山上修起了红军亭、白云亭、蘑菇亭、报时亭、飞云亭，还有四处休闲楼阁。山上楼阁亭台相映，车路石阶交错，更有悬崖飞流、雾中溶洞、松风明月、佛道坐顶，成为人们休闲娱乐的好去处。

而今，县城已是城园交融，城中园，园中城，玉兰沿街亭亭玉立，桂花满园香气袭人，一个“森林式的公园，公园式的县城”悄然形成。

城中的南河桥头就是白云山公园的大门。“白云山公园 ”几个题字金光耀眼，那副“百世风光当代装点多秀美，千古岁月今朝耕耘更香甜 ”的对联更是扣人心弦。睹物怀旧牵思绪，游园总忆开园人。遥寄怀念谢厚德，盼君再度故里行。还望再添新锦绣，“巨作”献给后来人。

2016 年秋月

一叶菩提

被誉为“天下第一古刹”的嵩山少林寺，是世界著名的佛教寺院，汉传佛教的禅宗祖庭。这是一座美丽的佛城，坐落在五乳山下的密林之中；这是一艘巨大的佛船，在历史的长河中度过岁月千年；这是一叶神秘的菩提，在禅静中引领众僧开悟前行。

平日里看过《少林寺》、《南北少林》、《少林小子》等有关少林寺的电影，留下了深刻的印象，渴望能有机会目睹少林寺的风采。那一年去河南，从开封返回，路过登封，实现了游览少林寺的愿望。

到少林寺，首先看到的是山门正中横匾上黑底金字“少林寺”三个醒目大字，这是清代皇帝康熙 1704 年到少林寺时题写的匾额，上面还刻有“康熙御书之宝”的方形玺印。门前有一对威武的石狮子守护着少林古刹。寺院建筑规模宏大，从山门到千佛殿共七进院落，占地面积 57600 平方米。沿中轴线自南向北，依次是山门、天王殿、大雄宝殿、藏经阁、方丈院、立雪亭、千佛殿。寺院西部有塔林，北部有初祖庵、达摩洞、甘露台，西南有二祖庵，东北有广慧庵。过山门、进甬道，两旁有苍劲翠柏掩映下的碑林 120 多通，院内藏经书 800 多万卷。唐、宋年间，少林寺经皇帝赐田，用地 14000 亩，建楼台殿阁 5000 余间，有僧徒 20000 余人。塔林占地 20000 平方米，有历代砖石墓塔 231 座。

少林寺始建于北魏时期，太和十九年（495 年），一个名叫跋陀的印度僧人来洛阳传经，正值北魏孝文帝迁都洛阳，又笃信佛教，对跋陀十分尊重，并下令在嵩山脚下的少室山密林深处修建寺院，取名“少林寺”，供其传道讲法，世称少林寺开山始祖。少林寺的第二位高僧菩提达摩也是印度人，他是释迦牟尼第二十八代徒，孝明帝（孝昌）三年到中国传教，来到少林寺后在跋陀开创的基础上，广集信徒，传授禅宗。据传菩提达摩曾在五乳峰上的天然石洞面壁九年，身影印石，禅悟佛法，悟出“因果报应，劝人向善”的智慧。从此，这个石洞被称为“达摩洞”，又名“达摩洞天”。东魏孝静帝天平三年，高僧慧可在达摩庵前彻夜立雪求法，达摩曾说：“要我传法，除非天降红雨。”慧可顿时抽剑断臂，血洒满地，达摩深为感动，于是传法于慧可，使禅学在少林寺落迹流传。到了唐代，因少林寺十三个和尚救唐王，助唐有功，受到唐太宗的封赏，赐田千顷，扩建寺院，并称少林寺僧人为僧兵，少林功夫扬名天下。清代嘉靖年间，日本倭寇袭扰中国沿海，少林寺僧兵多次征召参战，抗倭功著，朝廷为少林寺树碑立坊，修建殿堂，“少林功夫甲天下”得到民众认可。

少林寺创建千年，香火日复一日，久盛不衰，像一棵大树扎根于沃土，汲取大地营养，枝繁叶茂。僧徒立足因果，劝人向善，众生拥戴；尚武爱教，保家卫国，英魂永驻；不争名利，讲求和合，以德服人；济世救困，慈悲为怀，精神长存。中国佛教协会原会长赵朴初先生曾赋诗：“大勇立雪人，断臂得心安。少林称第一，是禅不是拳。”菩提达摩九年面壁禅道，慧可立雪断臂求法，少林武僧抗倭保国，凡此种种，都体现了一种正义的精神、超人的智慧和少林之魂。

中华人民共和国成立后，实行宗教自由的政策，并把少林寺打造成重要旅游胜地，更增添了佛教圣地的光彩，吸引了国内外游客前来观光。俄罗斯总统普京在访华期间，也曾抽时间到少林寺参观考察。多年来，少林功夫广为流传，每年到少林学武的学员竟有六七万人。练武讲究外练形，内练神，形神合一，克敌制胜。祈愿少林寺能够壮大少林功夫，弘扬少林文化，成为真正的禅宗圣地。

1991 年 8 月

访问千岛湖

1990 年秋，我随甘肃省林业厅组织的考察团，到东南沿海的广东、福建、浙江、江苏等地考察学习林业体制改革和林业产业发展情况。到了杭州，市林业局的同志推荐我们考察了千岛湖林场。杭州市距千岛湖 129 千米，一大清早我们兴致勃勃，乘大巴来到千岛湖林场。

听千岛湖林场的同志介绍，千岛湖位于皖浙交界处，原来是一条新安江，两岸崇山峻岭，低处是耕地，高处是森林，沿河住着居民，还有不少名胜古迹。1959 年修筑水库，建淳安电站，变成了千岛湖。据统计，千岛湖中有 1078 个大小不同各具特色的岛屿，足有 108 个西湖那么大。湖水面积 480 平方千米，平均水深 70 米，最浅的 30 多米，最深的有 100 多米。郭沫若同志诗云："西子三千个，群山已失高。峰峦成岛屿，平地卷波涛。"千岛湖是原国家林业部批准的森林公园，首批 5A 级旅游景区之一。千岛湖林场组建于 1964 年，有职工 120 人，经营面积 2253 公顷，有林地 1628 公顷，生态公益林 1426 公顷，森林覆盖率为 89%，是现代国有林建设的排头兵。

千岛湖林场抓住旅游这个主题，以"保护生态、开发产业、创新科技、和谐发展"为宗旨，先后组建了千岛湖森林公园旅游公司、千岛湖森林食品开发公司、千岛湖花卉苗木配送中心、千岛湖玉叶茶开发公司、千岛湖风景名胜景点建设等实体产业，年收入几千万元。林场同志领我们去千岛湖参观景点，售票窗口前面挤满了人，排了几十列长长的购票队伍，每个人都热得满头大汗。好在我们有林场的同仁提前预约，少了排队之苦。我们看的第一站是猴岛。那大大小小的猴子，成群结队，看见人去了高兴得叽叽喳喳，前扑后拥，好像训练过的一样，笑脸相迎。发现人手里拿着吃的，会很麻利地抢过去，对你嬉皮笑脸地表示“有福同享”。有的小猴子还会跳上你的肩头，和你合个影，讨点小费（给点吃的），有的小猴子在树上荡秋千。母猴陪着“丈夫”领着孩子，躺在石头上晒太阳，体现着家庭和谐，看了让人喜不自禁。

我们游览的第二站是蛇岛。蛇岛上大都是毒蛇，观赏、产药两用，虽然用铁丝网围着，但总有些让人恐惧，胆战心惊。里面有毒性很强的眼镜蛇、竹叶青、美女蛇等。有的摆着擂台，争雄打斗；有的盘成一团，头抬得很高，像在注视猎物。岛上树林里还有许多蛇，有的在地上匍匐前进，有的在树上一动不动。有漂亮的菜花蛇，还有粗壮的大蟒蛇。走着看着，蛇岛管理员突然将一条大蟒蛇搭在我的脖子上，凉冰冰的吓了我一大跳，顿时魂飞魄散，心里通通直跳，那位管理员笑着说：“这些蛇是不伤人的，不用怕。”还照了张相作为留念。

千岛湖水资源丰富，气候条件优越，是一个大好的养鱼场。我们来到观鱼桥看鱼，那湖水波光粼粼，清澈见底。鱼儿也好像结成团队，在湖中游来游去，老鹰在天空自由翱翔，鸟儿贴着水面飞过，真给人一种“鹰击长空，鱼翔浅底”的感觉。千岛湖渔业产量很大，一天能捕十几万斤，最大的鱼王有 180 斤重。千岛湖的水没有污染，野生鱼肉质鲜美，嫩滑爽口，著名的“千岛湖鱼头豆腐汤”堪称一绝，味美肉鲜，游人赞不绝口。

我们还看了鸟岛和花岛，风景秀丽，美不胜收，真正领悟到了什么是鸟语花香。到了锁岛，听岛上人说，长长的铁链子上挂着 16 万把锁，这里游览的人买把锁许个愿，希望“心想事成”“梦想成真”。情侣们买两把锁锁在一起，象征“永结同心，不再分离”。看到千岛湖的水资源保护得这么好，旅游产业这么旺盛，绿水青山胜过金山银山，金山银山有尽时，绿水青山永不竭，我也买了一把锁许了个愿：“一定要为子孙后代保护好家乡的绿水青山。”

我们的最后一站是梅峰岛。梅峰岛是海拔最高的一个岛屿，因为生长野生茂密的蜡梅而得名。后来又人工栽植了各种梅树，有红梅、绿梅、白梅、蜡梅等，为千岛湖绝佳的赏梅胜地。梅峰岛又是登高览胜的最好去处，走上观景台，看群岛风光，岛屿星罗棋布，港湾纵横交错，一座座岛屿就像一朵朵梅花漂浮在水面上，又像天河中的星星映在湖中。天湖相接，没有分界线，仿佛是一张巨幅彩锦从天空落下，直铺在湖面上。一个个岛屿，一副副奇特的造型，点缀在锦绣之中。真是“碧湖连天间山色，总揽千岛在梅峰”。登上梅峰最高处，才知千岛真面容。

1992 年春

印象桂林

翻开影集，几张“低头饮水象鼻山，昂首阔步骆驼峰”的桂林照片映入眼帘。顿时，桂林山水的灵秀画面，在脑海里浮现。那千姿百态的山，清澈见底的水，幽深奇怪的洞，鬼斧神工的石头，令人记忆犹新。历代文豪、诗人的“画龙点睛”，让桂林山水更具诗情画意，致使景中有情。宋代名家王正功的一句“桂林山水甲天下”，千百年来吸引了无数中外游客云集桂林，赏山玩水。

桂林的山，平地拔起，形态各异。相同的是美丽，不同的是韵味。诗人贺敬之曾在他的《桂林山水歌》中赞颂：“云中的神啊雾中的仙，神姿仙态桂林山。”象鼻山、骆驼峰、猫儿山、月亮山以其高、雄、险称奇，雄伟的猫儿山酷似神猫匍匐，形态毕肖，号称“华南之巅”，集“泰山之雄、华山之险、庐山之幽、峨眉之秀”于一身，红军长征时曾从此山经过。漓江两岸，阳朔大地，那些有故事传说的山崖、石峰，更是出神入化。亭亭玉立的玉女峰，巧梳云鬓，深情守候的望夫崖，凝神远眺，还有那赶考的书童，跳龙门的鲤鱼，盘旋的田螺，绿洲骆驼，令人目不暇接。

桂林的水，清澈透明，河底的奇石鱼虫，如数家珍；桂林的水，波光潋滟，绿如翡翠，触目入醉；水边的竹林草木，翠绿欲滴，烟雾缭

绕，疑入仙境。真是“情一样的深啊梦一样的美，如情似梦桂林水”。这水与山、山与水是不分家的，所谓山清水秀，有青山才有秀水。听当地人说，漓江水是从猫儿山流下来的，那里是一个“森林王国”，水源丰富，是桂林三十九条河的发源地。在漓江坐木船到阳朔，一路行舟，碧波粼粼，站立船头，凭栏瞭望，好似进入碧莲玉笋世界，像清代诗人刘名誉的诗句那样：“桂林山水世争夸，阳朔奇峰又一家。我坐扁舟随意看，果然千朵碧莲花。”田园万户炊烟起，碧莲峰里住人家。山与水相映成趣，好似一幅长长的山水画。

桂林的洞多石怪，逢山有洞，洞中石怪有石钟、石笋、石凳、石桌、石床、石柱，还有酷似古代人物和各类动物的形态石像。要想给它们起个名字，得看自己的悟性了，看什么像什么，如龙似凤。更奇特的还有人工打造的溶洞，引入传说中的“地狱观念”，把佛教的“十八层地狱”场景塑造其中。显示人在阳世做什么恶，犯什么罪，死后到阴间就要进什么狱，受相应的刑罚。比如：妄言者，要进“拔舌狱”；通奸者，要进“寒冰狱”；作恶多端者，要分别进“油锅狱”“刀锯狱”“石磨狱”等。这洞与水，又有不解渊源，桂林是典型的“喀斯特”地貌，山脉大多是石灰岩结构，经过多年的雨水浸蚀，山脚下都会有各种溶洞，经过人们的精心打造和装饰，即成了旅游胜景。

桂林山水，美如画卷，游人回首，画中留恋。陈毅元帅也曾感叹：“宁作桂林人，不愿做神仙。”桂林除了山美水美，气候也美，唐代诗人杜甫诗曰：“五岭皆炎热，宜人独桂林。”若能在桂林讨个居处，多住几日，那便是人间美事。

1993 年秋月

登泰山记

青年时期读过杜甫的《望岳》，“会当凌绝顶，一览众山小”的诗句，深深埋在心里，产生了登泰山的向往。想看看“五岳之首”“天下第一山”的尊容和神秀，欣赏泰山文化的厚重和神圣。1995 年 4 月有幸参加陇南地委组织的考察团，赴山东一带发达地区参观学习，看了孔子故里曲阜，便匆匆赶赴泰安，一夜兴奋，不能入眠，第二天如愿随团登上泰山。

早晨，我们一行首谒岱庙，认读东岳。岱庙又称东岳庙，是历代皇帝举行封禅和祭拜泰山神之地，又是汉民族祭祀天地日月之坛。建筑布局为南北主轴，东西对扩，宫殿模式，规模宏大。看完岱庙，从红门进山，徒步中山门，登上云步梯，走过十八盘，到达南天门。这条路虽然陡峭如屏，步履艰难，但台阶宽绰，步步景秀。这是历代帝王封禅走过的御道，大家一路观景，谈笑风生，倒也不算太累。据说从山门到山顶，一共有六千六百六十六个台阶，一般行速要四个小时。登上南天门，似乎进入了“天界”，所有的建筑都是按“天宫”的想象构建。步入天街，心旷神怡，虽已汗流浃背，衣衫沾身，但精神饱满，感慨良多。目视天地，云山相接，似有“举手开云关”、扯块“云布”擦把汗的感觉。喝一杯泰山的玉泉水，仿佛激起“天门一长啸”的爽快。天街有丰富的泰山美食和花样繁多的纪念品，热闹非凡，让人恋恋不舍，但时间有限，只好继续前行。

按照登山路线图，下一站就是碧霞祠了。碧霞祠供奉着泰山女神，传说是玉皇大帝的女儿，清代皇帝乾隆封其为“天仙玉女碧霞元君”。碧霞祠的东边是“日观峰”，西边是“玉皇顶”，由于错过了观日出的时间，只好直上玉皇顶。顶上建有玉皇庙，由山门、玉帝殿、观日亭、望河亭、东西道房组成。正殿供奉玉皇大帝铜像，殿前立“极顶石”，标志着泰山最高点。极顶的北侧立有“古登封元”碑，为古帝王设坛祭天之处。攀上顶峰，瞭望四周，确有一种“造化钟神秀”“一览众山小”之感。站在“日观亭”，远望日出之东海，浩瀚无边；到“望河亭”观赏“黄河西来，窈窕入海”的情景，更有“无限风光在险峰”之觉。碧霞祠的东侧则是帝王行宫，相传从三皇五帝到夏、商、周，曾有七十二位帝王到泰山祭祀拜天，秦、汉、隋、唐、宋、元、明、清诸朝，有十二位皇帝往泰山祭祀封禅。泰山被尊为“神山”“仙山”，为天的“近臣”。

历史上不知有多少达官贵人到泰山顶礼膜拜，有多少文人墨客赴泰山抒情泼墨。一路看石刻，只要是能刻字的地方，都因地制宜地刻上了字。有人做过统计，泰山石刻总共有二千二百多条，有些太古老的石刻，经常年日晒雨浸，已模糊不清，或残缺不全了。刻字书法中有行、草、楷、隶、大篆、小篆，好像是在举办露天书法石刻展览。那些刻在石头上的艺术，写在崖岩上的历史，可惜我们只能走马观花，粗略浏览。已是下午时分了，我们只好坐缆车下山，体验一下“从天而降”的感觉。

我们看到的泰山，大部分是石山，石头质地坚硬，是石刻的好资源。山上土少，草木都生长在崖缝里，倒显得挺秀强悍。泰山的松树很特别，不是那么高大挺拔，但坚韧秀美，风吹不折，雪压不弯。山上水源丰富，清泉、溪流到处可见，南峪水流入汶河，北峪水流进济水，山脚下汶水西流，济水东绕，构成齐鲁美丽的绿水青山画卷。

正因为泰山是座石山，她才是中华民族的脊梁，任何力量也压不倒、打不垮。什么时候、什么情况下都稳固不变，永远立于世界的东方。

古之帝王祭天拜地，以求江山稳固，国泰民安。我以为人民犹如泰山，是民族之根本，国家之基石，人民是天，人民是地，人民才是不可动摇的泰山。

1997 年 11 月

傣族泼水节随笔

1998年春，我领康县人大机关的几位同志，到四川、云南等地考察。清明时节来到了云南景洪市，看到大街小巷张灯结彩，整整齐齐，干干净净，我们以为有什么大型活动。到宾馆入住，酒店经理告诉我们："今天是泼水节，傣族人的新年。若有兴趣，可以出去看看，体验一下泼水节的快乐，共享吉祥、幸福、美好的节日生活。"

大家兴高采烈，互祝有幸赶上了傣族人民的新年，赶紧吃完午饭，到街上观看泼水盛景。刚一出宾馆大门，就遇上了泼水队伍，有提着桶子用瓢泼的，有端着盆子直接泼的，有抬着水盆用手洒的，还有开上水车洒的，人们把家里大大小小的盆盆罐罐、桶碗瓢勺都用上了，男女老少都加入了泼水行列，真是热闹非凡。我们几个人被裹拥在泼水的人群中，避不过，躲不开，不一会儿个个全身泼得像落汤鸡似的。好在那天晒着太阳，天空万里无云，参加完泼水节，走着、说着、笑着，享受着"泼湿一身，幸福一生"的快乐，不一会儿身上的衣服就被晒干了。

据傣族的朋友介绍，"泼水节"，又名"浴佛节"，傣语称"桑堪比迈"，就是新年的意思，标志着太阳已在黄道十二宫运转了一周，开始迈向新的一年。傣历的六月相当于农历的正月，按旧的习俗，节日的第一天叫“麦日”，相当于农历年除夕；第二天是“脑日”，既不属于头一年，也不属于第二年，故称“空日”；第三天是“元旦”，开展泼水活动；第四天是新年的开始。城里新式节日活动做了些改革，第一天为庆祝大会，第二天举行泼水仪式，第三天为赶摆，即物资、文化交流。

“泼水节”是傣族人最为主要、最大规模的传统节日。节日当天，男女老少穿上节日盛装，载歌载舞，参加庆祝活动。妇女们各挑一担清水为佛洗尘，听和尚诵经，求佛祖保佑。浴佛完毕，人们开始互相泼水，表示祝福，希望用圣洁的水冲走疾病和灾难，迎来幸福美好的生活。象征吉祥、幸福、健康的一朵朵水花在空中盛开，人们怀着“水花放，傣族望”的心愿，尽情地泼，尽情地洒，兴致勃勃，笑声朗朗，互相追逐，见人就泼。入夜鼓乐相闻，纵情歌舞，热闹非常。整个节日期间，除了泼水，还有传统的赛龙舟，跳孔雀舞、大象舞，放孔明灯，斗鸡，以及各种形式的联欢活动和物资交流活动。青年男女还用“丢包”的方式定亲，谈情说爱，享受青春。

相传，远古时代有个恶魔霸占着西双版纳，仗着身有魔法，落在水里淌不走，掉在火中烧不死，刀枪不入，弓箭不进，法力过人，傲慢自大，横行霸道，为非作歹，无恶不作，残酷欺压当地傣族人民，曾抢占七个傣族姑娘为妻。七个聪明的姑娘时刻想着为民众报仇，消灭这个魔头，但一直找不到机会。有一年六月姑娘们设计摆宴，施以巧言妙语，用酒灌醉了魔头，得知了用他的头发勒住他的脖子才能将其勒死的秘密。七姑娘侬香趁魔头酒醉拔了一根头发，勒住恶魔的脖子，果真头掉到地上。那头变成了一团火，滚到哪里，火就蔓延到哪里，烧掉竹楼，烧焦庄稼，烧毁森林，构成了巨大火灾。姑娘把那头抱起来，火顿时就灭了，放下火又着起来。七位姑娘便轮流抱着恶魔的头，一人一年，以免除版纳人的灾难。于是，傣族人把傣历六月“元旦”定为“泼水节”，用圣洁的水来冲洗姑娘们身上的晦气，感谢姑娘们舍生忘死为傣族人除害安良，充分体现了傣族人民企盼平安吉祥、热爱美好生活的愿望。

1961 年，周恩来总理陪同缅甸领导人，在景洪穿着傣族服装，同傣族人民一起欢度“泼水节”，把西双版纳的“泼水节”活动推向了高潮，使傣族“泼水节”把水文化、服装文化、饮食文化、艺术文化、情感文化、物资交流文化融合在一起，形成了傣族文化的鲜明特色。联想我们伟大祖国，有五十六个民族，每个民族都有自己的风俗、自己的文化，像五十六朵绚丽的鲜花，簇拥在世界的东方，竞相开放，多么灿烂，多么壮观，使人自信，让人自豪，我们的明天一定更美好！

1998 年 8 月

沙漠奇观

金秋时节，往敦煌出差。从陇南出发，沿丝绸之路北向西行，途经金城兰州，穿过河西走廊，越行茫茫戈壁，目睹嘉峪关隘到达敦煌。闲暇抽空去看看沙漠奇观，听听鸣沙山的沙鸣，欣赏月牙泉的秀美。

鸣沙山和月牙泉在一条风景线上，是一对孪生姐妹，位于敦煌市西南五千米处，骑骆驼用不上半小时就到了。坐在骆驼背上，跋涉在鸣沙山的沙丘之中，远望茫茫大漠，绵绵沙丘，沙峰叠嶂，游刃千里。近瞧

风起沙舞，如绸似缎，风声飒飒，沙鸣铮铮。仿佛听到了古道驼铃，绵亘的驼队在沙漠里一脚深一脚浅，一步一步迈向沙漠的边缘，在古丝绸之路上奋力前行。结束了驼背之旅，脱掉鞋子，光着脚板，往沙山顶跋涉，一步一个沙窝窝，红、黄、绿、白、黑的五色沙子拥上脚背，淹到了脚腕子，滚烫的沙粒按摩着脚底，咯咯作响。向沙山顶上爬，虽然不是很累，但很费时间，有时甚至是进一步退两步，还需要手足并用。攀上了沙山顶峰，更是眼界大开，望见无际的沙丘，好似浩瀚的沙海，泛起棕黄色的波浪绵延远方，气势磅礴。从山顶往下走就容易多了，可以坐溜板往下“冲浪”，也可以坐着、躺着向下滑，沙很绵软，即使摔倒了也伤不了人。沙子纯净，没有土尘，滚上一身沙子，一抖就干净了，倒觉得无比爽快。站在鸣沙山脚下仰望，鸣沙山尽显千姿百态，势如黄涛翻滚，萦绕回旋不止。有如金字塔，高高突起，有棱有角；有如驼峰，峰峰相接，造型优美；有如月牙，弯弯相连，明光闪闪。种种造型，目不暇接，引人入胜，使人陶醉。

沙山脚下，一潭碧水，纯洁明亮，长约百米，宽过十丈，水深五米，周围芦苇环绕，形色如一弯新月，故名“月牙泉”，有“沙漠第一泉”之称。泉内有“三宝”之铁背鱼、五色沙、七星草，皆为长寿、养生之物。那一泉盈盈碧水，像遗落在大漠中的一颗绿宝石，闪烁着莹莹碧光，光耀在天地之间；像沙漠的眼睛，泉水滋润着沙漠，促成沙泉共存。坐落在月牙泉边上的亭台楼阁，皆为仿唐建筑，白墙黄瓦，光亮耀眼。最高的一座叫月牙阁，在这“穷荒绝漠鸟不飞，万碛千山梦犹懒”的沙漠之中，恍若海市蜃楼一般。

鸣沙山、月牙泉，沙不涉泉，沙泉共生，关系密切，相敬如宾。她们像一对孪生姐妹，相依相偎，不离不弃；像一对恋人、情侣、夫妻，相爱如初，永不分离。沙山伸展着柔软的手臂，轻轻拥抱着月牙泉，好似一个俊男怀抱着爱慕已久的女孩。而月牙泉则以楚楚动人的柔姿依偎在鸣沙山的脚旁，眼眸中流露出一种无比信任和敬仰的目光。鸣沙山怡情，月牙泉洗心，斗转星移，沧桑巨变，大自然造化的无言大美，永存人间。鸣沙山以灵故鸣，月牙泉以神益秀。大概是因月牙泉之水赋予鸣沙山的灵性，沙山虽高，而沙粒从不落入泉中，即使偶然因外力作用沙粒落入泉里，也会自然恢复如初，仍然是“四面风沙飞野鸟，一潭之影幻游龙”。沙不填泉，泉不枯竭，“月牙之形千古如旧，恶境之地清流成泉”就是这个神秘之地的写照。

月牙泉的来历，有许多版本的传说。有佛陀释迦牟尼所赐一碗圣水之传，也有观音菩萨紫金瓶滴水之说。话说唐三藏西天取经，途经敦煌，进入沙漠，无水无粮，举步艰难。观世音菩萨为助唐僧取经，从紫金瓶里滴下一滴圣水，瞬间茫茫沙漠出现一汪如月清泉，泉中“七星草”能治百病。唐三藏得救，继续西行取经，月牙泉保留至今，成为沙漠奇观。

地质学家也曾为这一自然奇观给出了解释，说环泉沙山南北高、中间低，地下水从高位流到低位，在低洼之地渗出，形成一汪清泉，而风又从东吹向湿地，吹得沙子卷帘似的返上南北两沙山，风力的作用形成了沙不进泉的奇观。

不论有多少传说和解释，笔者只盼鸣沙山、月牙泉永远共生共存，希望这一绿洲奇观在神州大漠永放异彩，像一颗闪亮的明珠在丝绸之路上永放光芒，像天空中的星星在历史长河中永远璀璨夺目，成为中华之福，举世之奇。

1999 年秋月

杭州行记

古称“上有天堂，下有苏杭”，这句脍炙人口流传千古的赞语，以其极大的魅力吸引着人们对苏杭的倾心向往。毕竟杭州有西湖、西溪、钱塘江、雷峰塔、灵隐寺、万松书缘、梅坞春早以及宋城等风景名胜，景色迷人，文韵厚重。《白娘子传奇》《梁山伯与祝英台》，民间广为流传的四大爱情故事占其二。双峰插云，两塔耸立，云雾弥漫的“云天佛国”，更引来各地信徒前往参拜。

到杭州旅游，第一站要去的应该是西湖了。西湖的春夏秋冬时时景美，晴雨月雪处处醉人。北宋著名大文豪苏东坡写有《饮湖上初晴后雨》：“水光潋滟晴方好，山色空蒙雨亦奇。欲把西湖比西子，淡妆浓抹总相宜。”把西湖美景写得淋漓尽致，引人入胜。2002 年夏天，我与妻子到杭州度假疗养，首选西湖，游览“三堤”。步走苏堤，目睹六桥，浓荫之间，花香堤岸，虹桥倒影，湖面如镜，似锦如画，映入眼帘。车驱杨公堤，眼观里六（桥），湖光涟漪，柳浪莺啼，游人如潮，艇舟如梭，塔映青山，水天一色。再行白堤，足履断桥，路过锦带，眺望平湖，观看什锦，美不胜收，确有“ 最爱湖东行不足，绿杨阴里白沙堤”之感。西湖是自然和人类共同的作品，此话不虚。今天的白堤、苏堤、杨公堤，就是唐代白居易、北宋苏东坡、元代杨孟瑛主政杭州时，在不同的时代，疏浚西湖，淤泥筑堤，栽树绿化，造就佳景，利于当代，功在千秋，为后世留下了不朽的业绩。西湖美景，一堤一桥，一寺一塔，一亭一阁，一花一木，无不体现自然和人民的共同创造。

领略"三堤"，佳景尽收。闲暇之余，再往花巷，观花赏鱼，感受"花着鱼身鱼嘬花"的诗情，到"典院风荷"景点，感悟"接天莲叶无穷碧，映日荷花别样红"的画意。此景此情，着实给人一种"若往西湖游一遍，就是凡夫骨也仙"的满足感。

杭州的美景看不完，传奇文化悟不透。此行尚有两件事让我兴趣有加，一是杭州的茶叶，一是杭州的丝绸，因为它们和我的家乡有牵挂。我的家乡康县，也适宜种茶养蚕，"南茶北桑"为县域产业发展战略。如何做大做强，是一个需要考察研究的课题，我想借此机会做一些学习考察。杭州茶叶以西湖"龙井"为代表的十大名茶闻名遐迩，市场广阔。龙井茶历史悠久，品名质优，有"色绿，香郁，味甘，形美"之特点，是中国四大名茶之一，享誉海内外。西湖龙井盛产于狮峰、龙井、五云山、虎跑泉、梅家坞一带，有 1200 多年的历史，始于宋代，盛于明代。明列上品，清列贡品。狮峰山下胡公庙前的 18 颗茶树曾被封为御茶。我约好友去周总理五次到访过的梅家坞村参观，走进梅家坞，一眼看到的就是大片郁郁葱葱的茶园，茶垄整齐如画，简直就是一道美丽的风景线。茶农热情地向我们介绍了种茶、采茶、制茶的做法和经验。茶农说："我们这里靠山近水，日照充足，雨露充沛，酸性土壤，丘陵坡地，都适宜种茶。春采、夏锄、秋剪、冬肥，不得耽误，人误茶一季，茶误人一年。"龙井茶的采制很讲究，一年采制四次，清明前采制的为清明茶，清明后采制的为谷雨茶，立夏前后采制的分别为三春茶、四春茶。茶的制作有“摊放、炒青、回潮、分筛、回锅、整理、收灰、贮存”八个程序，炒制有“抛、料、搭、搧、榻、甩、抓、推、扣、压”十大手法，样样都要精益求精，才能制出好茶。至于销售，茶农兴奋地说：“那不是问题，前一年订单就满了。”好客的茶农朋友还请我们参观了制茶作坊，并邀请品尝，令人十分感动。“十里梅坞蕴茶香”，名不虚传，能够喝上一杯龙井水泡的龙井茶，真是人生极好的享受。我还特地买了龙井新茶带回，好以茶会友，共享美味和经验。

除了茶叶，杭州的丝织品更享有“天下之冠”的美誉。杭州的丝绸文化有八百年的传承，历史久远，自古就有“蚕桑村”“缫丝村”“神机村”的记载。“鸡鸣入机织，夜夜不得息”“纤纤擢素手，札札弄机杼”，是杭州人劳作丝绸的真实写照。杭州是中国的茧丝发源地，丝绸之府。我们参观了杭州丝绸博物馆，各种丝绸制品琳琅满目，身上穿的，床上盖的，墙上挂的，地上铺的，从各类装饰到工艺品，从简单的服饰到富贵的奢侈品，样样俱全。解说员讲，中国的古丝绸之路通向世界，丝绸制品畅销亚欧，出口量很大。我们还到著名的“万事利”丝绸公司参观了丝绵被、丝织品制作场景，浏览了丝绸服饰的展览大厅，购买了些许丝绸制品，留作纪念。

观景游览，犹如过眼云烟。考察丝茶，或将造福乡邻。促进家乡经济发展，本是我的心愿。

2002 年冬

寻根拜祖

话说“参天之木，必有其根；怀山之水，必有其源”。“草木祖根，山祖昆仑，江河祖海。”人，自然也有根有祖。寻根问祖，不在祈福于祖先，而在明白自身的血脉传承，并从自身做起，进一步发扬光大。史传炎黄子孙的始祖是炎帝、黄帝，而炎帝、黄帝的陵墓都在临近的陕西省境内，寻根拜祖是我的梦想。2002 年秋我携家人驱车前行，翻越秦岭，首先来到宝鸡市天台常羊山，谒拜了炎帝陵，接着路过西安直奔黄帝陵，再拜。

《史记》记载：“黄帝崩，葬桥山。”黄帝的坟墓就在陕西省黄陵县桥山之巅。桥山，这块中华民族葬祖坟的“风水宝地”，坐落在陕西北部黄土高原上。这里有一条逶迤千里奇异险峻的山脉，叫子午岭，它是昆仑的一条余脉。桥山正是从子午岭向黄土高原伸出的一支余脉。在天地一色之间，凭空而起的一座桥状物，且绿荫葱葱，雄伟壮观，故称桥山。桥山上的黄帝陵成为“天下第一陵”。

陵区三面环山，沮河流绕，形如八卦，气势非凡。陵墓处于 577 公顷八万株古柏包围之中，苍翠荫郁，令人神往。陵冢面向东南，高 3.6 米，周长 48 米，冢前立一“桥山龙驭”碑，设有祭亭，亭中立着郭沫若题写“黄帝陵”三个大字的石碑。陵墓庄严肃穆，往那里一站，敬慕始祖的思潮油然而生。上至帝王将相，下至黎民百姓，来到“文武百官，到此下马”的石碑前，都不由得放轻脚步，虔诚叩拜，崇崇敬敬，唯恐惊醒了陵寝中的伟大灵魂。大厅里摆放着毛泽东、蒋介石的祭祖碑，碑廊中留下许许多多碑石，都是后世谒拜黄陵，尊祖敬祖情感的象征。

黄陵所在地的桥山南麓，建有轩辕庙，相传为汉代所建。庙院为长方形，中轴线上有大门、过亭、碑亭和大殿，大殿门额上挂着“人文始祖”四字大匾。大殿中央是巨大的黄帝牌位，上书“轩辕黄帝之位”。牌位后面供放着石雕黄帝全身像，石料呈墨玉色，雕像沉稳站立，冠带简朴，神情专注，举止亲切，给人以庄严而伟大的感觉。院内的左边长着一棵人称“世界柏树之父”的黄帝手植柏，苍翠挺拔，略向南倾，树高 19 米，胸径 11 米。这棵铁骨钢枝的古柏，经历了悠悠五千年风雨严寒，阅尽历史兴衰，见证风云变幻，日复一日，成千上万的祭陵子孙，曾在古柏之下感言万千。

桥山脚下有一条河，名叫沮河。相传沮河原名为“祖河”，黄帝乘龙升天时，人们恋恋不舍，哭声惊天动地，臣民们的泪水流入了祖河，从此“祖河”改称“沮河”，意思是沮河的水是由臣民们的泪水汇成的。

杨姓的根就在古柏苍郁的桥山之巅，杨氏的源就在浩荡洄濛的姬水之端，杨氏的初祖就是中华民族共同的始祖——黄帝轩辕。历经夏商至周初，由姬姓衍生而成的杨姓，起步于晋地杨国，即今山西一带。杨杼、杨涧、杨伯乔三封杨侯，使杨姓不断繁衍生息，发展壮大。她像是杨树的花絮，随风洒落在华夏山川；她像是一首雄壮的歌，嘹亮的歌声

唱遍祖国大地；她像是一支宏伟的曲，清晰的音符传至宇宙空间；她像是一篇壮丽的诗，诗情画意让人震撼；她像是一本万言书，记载着历史和自身的变迁；她更像是一座山，树木丛生，百草茂盛；她还像是一条不枯的河，乳汁般地滋润着沃土上的苍生，回报着自己的祖先轩辕。杨姓在《百家姓》中排行第16位，当今名列第6位，成为多民族姓氏之一，遍布全国各地，移民东南亚，乃至全世界。几千年的历史进程中，杨姓在中华民族的大家庭中，发挥着非常重要的作用，有着重大贡献，为中华文明留下千古佳话。福建汀州杨氏族人建一杨氏祖祠，书一副楹联："受姓自三封杨国、瑞兆三鳣、位列三公、名齐三喜、政革三月、编修三史、身去三惑、雪深三尺、百代渊源千古在；展猷从四袭诸侯、声传四相、堂高四老、臣清四世、阁著四香、诗并四杰、金畏四知、量恕四邻、数朝德业万古流。"楹联详尽表述了杨姓氏族的人文德业，充分反映了杨姓氏族人，忠、勇、孝、敬、勤、俭、仁、义的高尚精神品格，值得后人学习、永念、继承、发扬。

2002 年腊月

附：楹联注释

上联

三封杨国（侯）：指周康王六年戊辰封杨杼为杨侯；周宣王时期再封尚父杨涧为侯；周安王第三次封杨伯乔为侯。

瑞兆三鳣：杨伯乔生下来双手合掌，一月后分开，左手掌印“木”，右手掌印“易”，双手合为“杨”；杨宝生来嘴衔四环；杨坚生相不凡，头上长角，后来建立隋王朝，统一中华。

位列三公：明代有三阳开泰之说，杨士奇（杨文贞）为西杨，杨荣（杨文定）为东杨，杨溥（杨文敏）为南杨。

名齐三喜：唐代文宗时期，一门三喜，杨敬之升任国之癸酒之时，儿子杨戎、杨戴双登进士第。

政革三月：戊戌变法时（初夏三月），杨锐、杨深秀一同参与。

编修三史：杨绾，唐肃宗时为相，兼修国史；杨守陈，明景泰二年修撰《宗英实录》《宋之通鉴纲目》；杨守阯，成化十四年编修《会典》。

身去三惑：杨秉为官坚持“三不惑”，即不惑酒，不惑色，不惑财。

雪深三尺：宋代杨时程门立雪，尊师求道。

下联

四袭诸侯：周朝时期，杨伯沃（杨杼之子），杨庚（杨伯沃之子），杨文（杨庚之子），杨昭成（杨文之子），皆袭诸侯。

声传四相：唐代杨恭仁在李渊时为相，杨师道在李世民时为相，杨弘武在李治时为相，杨炎在李适时为相。

堂高四老：轩辕（黄帝）、杨杼、杨涧、杨伯乔为杨姓堂高四老。

臣清四世：秦汉时期，杨震、杨秉、杨赐、杨彪为清官四世。

阁著四香：春祠、夏瀹、秋尝、冬烝，四时祭祀祖宗。

诗并四杰：南宋时期，杨万里、尤袤、范成大、陆游同为诗界四杰。

金畏四知：杨震为官拒贿，不收不义之财，称“天知、神知、你知、我知”，若要人不知，除非己莫为。

量恕四邻：古公曹父德惠四邻，人人称颂。

响水泉的神韵

走出康县城，沿着轻轻奔流、跳跃、欢唱的燕子河曲折向南，进入树木丰茂、百草丛生的绿色海洋。穿峡谷、越秀山，看着美景，听着鸟语，闻着花香，过铜钱镇约两千米的地方，就到了著名的响水泉。

这里山势突然开阔，好像有人拉开了一道绿色的大幕。一个色彩斑斓、风光无限的“大舞台”展现在人们面前，自然像一位春风满面、自信依依的“节目主持人”，向来旅游观光的贵宾推介着响水泉的来历、特色及其存在的神秘 。

响水泉是一首诗、一支歌、一部曲，是天赋的诗，地唱的歌，水谱的曲，是大自然永恒而不枯竭的杰作。

响水泉在公路靠山的一边，站在公路上就可以仰望到一股银色的水流，从高高的岩洞中飞出，喷银撒珠，直泻崖底石泉之中，砸得石泉咚咚作响，大有“飞流直下三千尺，疑是银河落九天”的气势。响水泉瀑布到底有多高？有人说几十丈，有人说几百米，因为山崖陡峭，无人实地测量过。山崖上虽然没有土，但崖缝里还是长着许多灌木和草。春天黄黄的迎春花，秋天血一样的红叶，令人心醉。那流水倾注的石泉，硬是让猛烈的水柱天长日久撞击成了个大石坑。水满了自然溢出，形成二级小瀑布，像一朵白色的大菊花，甚是好看。石泉周围生长着天然的水仙花，开花时节，黄的、白的、紫的，香气扑鼻，沁人心脾。石泉底有鱼虫游动，那是它们的自由世界。

响水泉，顾名思义以响声闻名。那水流与石泉的碰撞，不时发出叮叮咚咚的声音。你若是个懂音乐的人，听什么像什么。那是一台自然舞台的大合唱，昼夜不停，不论天晴下雨，唱个不歇。有时周围的山鸡、喜鹊、黄鹂、麻雀也来帮个腔，捧个场，凑个热闹，唱上几声，特色各具。夜间，黑熊、野兔、金丝猴成了大合唱舞台的“观众”，禽兽共舞，聚众联欢，兴高采烈。

响水泉的响声，在日光里、月光下，犹如一部宏大无比的交响曲，

演奏着“高山流水”“天高云淡”的美丽乐章。从天而降的山泉，就是一面琵琶，一把二胡，一个小提琴，随着风声、雨声、雷电声，发出各种悦耳清脆的声音，听着让人心旷神怡。那“ 明月松间照，清泉石上流，红叶醉秋色，碧溪弹夜弦”的诗情画意，仿佛在人们心中、眼前展现。

看一看响水泉的山水秀色，听一听响水泉的演奏合唱，喝一口响水泉的甜美泉水，真是如入仙境，给人一种绝妙的享受。传说喝了响水泉的水，还能除邪祛病，促进人体阴阳平衡。用响水泉的水泡一杯阳坝茶，那是好水泡好茶，饮之香甜可口，回味无穷！

小时候，听老人讲“山有多高，水有多高”，我怎么也弄不明白是什么道理。后来见识多了，略有所思。那泰山的南天门，峨眉山的金顶也有山泉，也都长着树和草。既然那么高的山顶都长着树和草，就得有水，这是个浅显的道理。山养育着树和草，树和草滋润着山，相辅相成。难怪水利专家说：“一棵树就是一个小水库。”天地人，山水木，乃至一切苍生，都是大自然的一部分，都得和谐相处，这也许就是天人合一的道理吧。金山银山，不如绿水青山。响水泉滋润着这里的山，养育着这里的人。这里的人们也在责无旁贷地保护着这天设地造的响水泉。多少年来没有人伐过响水泉的一棵树，割过响水泉的一把草，以实际行动守护着响水泉的一草一木，一沙一石，让响水泉完美无缺，水流不息，响声永驻。

愿响水泉的神韵得到更多人的领悟。

2003 年 9 月 9 日

庐山感悟

五月到南昌，有意游庐山。行前做了些功课，了解了庐山的概况、景点、历史、文化，以选个最佳路线上庐山。庐山以高、大、险、奇、秀著称，全境170多个山峰，300多平方千米，要选个一览全貌的位置是办不到的。苏东坡《题西林壁》诗云："横看成岭侧成峰，远近高低各不同。不识庐山真面目，只缘身在此山中。"仁者见仁，智者见智，各有所见，各有不同。庐山的景点很多，可从东线、西线分别观看。我把这次旅游定为"寻迹体味"之旅，将"庐山瀑布""白居易草堂""仙人洞""牯岭老别墅"列为主要看点，因那里有"仙人"的足迹，有历代著名诗人的绝笔，有耐人寻味的历史故事。

还在上小学的时候，就读过唐代诗仙李白《望庐山瀑布》的名诗："日照香炉生紫烟，遥看瀑布挂前川。飞流直下三千尺，疑是银河落九天。"向往有朝一日能目睹庐山瀑布的风采。庐山瀑布很多，主要有三叠泉瀑布、开先瀑布、石门涧瀑布、黄龙潭瀑布、秀峰瀑布、王家坡瀑布、玉帘泉瀑布等。一路游览，走马观花，照相留念，无暇细看。不过，总算见识了庐山瀑布，那雄伟壮丽的三叠泉瀑布，飞流直下的石门涧瀑布，好似水帘从天而落的玉帘泉瀑布，在阳光的折射下，五光十色，瑰丽夺目，声若惊雷的瀑布声在耳边久久回响。在李白的笔下，以其无穷的夸张和梦幻般的想象，把庐山瀑布的壮观描写得淋漓尽致，千百年来无人可比。

在书刻着“花径”的如琴湖畔，原来有名的“大林寺”已被“白居易草堂”替代。草堂，按白居易《庐山草堂记》所述，“五架三间草堂，石阶挂柱竹编墙”，坐北向南，竹木结构，草顶盖屋，再现“竹篱茅舍风光”的诗境。“花径”园里，繁花似锦，亭台碑碣，曲径通幽，景色如画。新栽的数百株桃树，红花满园，再展昔日盛景。“花径”园大门两旁刻着“花开山寺，咏留诗人”的对联，光彩耀眼。白居易《大林寺桃花》诗云：“人间四月芳菲尽，山寺桃花始盛开。长恨春归无觅处，不知转入此中来。”脍炙人口，世人称颂。白居易是唐代的现实主义诗人，为官清廉，关心民众疾苦。贬官九江后，对庐山情有独钟，曾在此“方塘幽趣”处建草堂，修心练真，仰观山色，俯听泉声，拨帘看雪，山中独吟。诗情话意，言有尽而意无穷，耐人寻味。他的代表作《长恨歌》《卖炭翁》《琵琶行》等，深受人们喜爱，像他那栩栩如生的塑像一样，屹立于中华民族优秀文化之林。

我的下一个看点是“仙人洞”，古称“佛手岩”，洞高 7 米，约 10 米见方。洞内雕刻着吕洞宾石像，身佩宝剑，仙风道骨，世人敬仰。洞壁石刻题词颇多，最醒目的是“洞天玉液”。洞顶有水下滴，终年不歇，名为“一滴泉”，有诗言：“山高水滴千秋不断，石上清泉万古长流。”洞外西侧有一奇妙的蟾蜍石，石上长一古松，东侧有游仙石和关妙亭，是远眺云海、群峰和长江的最佳处。相传当年吕洞宾弃官修道，在游历庐山时遇上了“八仙”中的汉钟离，经过生死考验，汉钟离敬重吕洞宾，并授予修道丹诀，后来五龙真君又传授吕洞宾剑术，吕洞宾常年在锦绣峰下的“佛手岩”修炼，终修成仙。吕洞宾成仙的故事代代相传，明代皇帝朱元璋曾下旨在佛手岩修建“访仙亭”，清代正式改名为“仙人洞”。毛泽东著名诗句“暮色苍茫看劲松，乱云飞渡仍从容。天生一个仙人洞，无限风光在险峰”更使“仙人洞”名扬四海，令人神往。毛泽东从容应对复杂形势，坚定追求美好目标的英雄气概和信仰令世人景仰。

据说，每当云雾缭绕之时，洞内仙气飘飘，若能喝一口“一滴泉”的水，吸一口洞中的“仙气”，也该是人生一大乐事。不为成仙，但为寻乐。从“仙人洞”出来，洞口不远处有个刻印章的老先生，一群人围着刻印章，妻子提议：“你喜欢写字，刻个印章，留个纪念吧。”此言正合我意，于是便凑过去刻了个“乐在其中”的印章，作为游览庐山“仙人洞”的留念。沿“仙路”下山，到毛泽东留影的地方，坐在藤椅上照张相，更有对毛泽东的敬仰之意。

昔日荒凉的牯岭，今日热闹非凡。老别墅的故事，让人玩味。有人说，“不看东谷老别墅，不识庐山真面目”。英国传教士李德立第一个在庐山修建别墅，曾通过英国驻华大使施压清政府，签订租地合约，租地4500亩，自此，庐山上盖起了500栋别墅，居住数千人，来自15个国家。美国人还在庐山修建了教堂。蒋介石和其重要军政官员也在庐山有各自的别墅。蒋介石曾在庐山召开过许多重要会议，发表过多次演说，“七七事变”后还在这里发表过抗日战争的《庐山声明》。中华人民共和国成立后，毛泽东曾在这里主持召开“庐山会议”。

何为庐山真面目，有待大家再研究。

2006年夏

寻找雨花石

有这样一种石头，享有一个漂亮的名字，叫“雨花石”。它质地细腻、润滑、多彩、美丽，集天地之灵气，纳日月之精华，堪称石中一枝艳丽的奇葩。埋在土里，深藏地下；浸在溪中，潜在水底；放在心上，永不忘记。相传南宋梁代高僧云光法师在南京聚宝门（今为中华门）外石子岗设坛讲经，僧侣五百，趺坐聆听，讲得精彩，听得入神，盛况空前，感动了佛祖，遂落花如雨，化作遍地绚丽的石子。后人便把这五彩缤纷的石子称为“雨花石”，把原来的石子岗改为“雨花台”。

有一年秋天，我与同事去南京出差，办完公事，就去中山陵拜谒仰慕已久的中山先生，参观了当年的总统府，接着便一心向雨花台奔去，参观烈士公园和雨花石展览馆，更想亲自找一块雨花石带回家，留给儿女们作纪念。到雨花台游玩的人很多，大家都盼望着能有运气发现一块理想中的雨花石。我们转着、看着、寻着，不时地用手刨，用棍子剜，在土坎边刨个茬儿，逐步推进，仔细寻找，几个小时过去了，只捡到几颗白色、黄色、棕色的鹅卵石，看起来也漂亮，但不是想象中的雨花石。天快黑了，总是不甘心离开，心想在这“落花如雨”的雨花台，怎会找不到一块雨花石？不弃不离，继续刨，继续找，忽然眼前一道亮光，嗨！皇天不负有心人，终于找到了一块五彩缤纷、椭圆形的雨花石。擦去石头上的泥土，用手抚摸，确实是滑如脂、润如玉。看在眼里，色彩美丽，纹理交融，白的纯洁，黄的庄重，红的鲜艳，绿的文静，棕的沉稳，画面百态，让人如获至宝，爱不释手。

石头无语，但这块华丽神奇的石头，却使人产生了诸多神奇的遐想。它不知在地下深藏了多少年，不知经历过大自然多少时光的磨砺，才变得如此精美玉润。这或许是女娲补天时的陨落，或许是精卫填海时的遗物，或许是烈士英灵的化身。雨花台自古就是埋忠骨的地方，此处为战略要冲，兵家常争之地。南宋抗金英雄杨邦乂拒不降金，被金兵在雨花台下剖腹掏心而死。抗金名将岳飞曾在此地痛击金敌，将士伤亡惨重。一九二七年后国民党在这里杀害共产党人和革命志士十万余众。抗日战争时期又曾在这里打响"首都保卫战"，数万先烈英勇牺牲。而今雨花台所建的烈士陵园，烈士就义群雕，烈士纪念碑、纪念桥、纪念馆、忠魂亭、二忠祠等，都明确记载了雨花台的历史。三千年雨花台，真可谓"六朝雨花凝天地神韵，一部青史铸千秋圣台"。

神奇的雨花石，若你用心解读，细心品味，你会发现它像一部史书，记载着大自然的沧桑变化，注释着人类发展的历史，又像一曲动人的音符，发出美丽而特有的旋律，更像生活中一个意志坚强、满腹经纶的学子和漂亮、文静、贤淑、温柔的完美女人。同雨花石一样，人生在世，没有百般的磨炼，千番的锤打，未必能成大器，"玉不琢，不成器，人不学，不知义"。人与石之间，有着何其惊人的相似，这不是牵强附会，而是一种深刻的感悟和哲理。

我把这块美丽、可爱、神奇的雨花石包了一层又一层，小心翼翼地带回家，放在书案上，给孩子们讲述寻找雨花石的故事。我把雨花石放在盛着清水的玻璃缸里，看着那绚丽而飘逸的神采，似乎有一首歌在耳边响起："我是一个小小的石头，静静躺在泥土之中；我是一个小小的石头，深深埋在泥土之中；我愿铺起一条五彩的路，让人们去迎接黎明，迎接快乐。"

2006 年 9 月

滴水洞的神话

一九九三年金秋，在湖南华容县参加全国十二县（市）党建联系会议，会后到韶山瞻仰了毛泽东故居。

毛泽东故居地处韶山冲上屋场，坐南朝北，土木结构，“凹”字形建筑，泥砖墙，青瓦顶，约二百平方米大。屋里摆设着简单的木制品家具，有木床、方桌、板凳，还有装粮食的小木仓，是个中上农户的水平。毛泽东同志童年和少年时代就在这里度过。

距毛泽东故居一千米的地方，建有毛泽东纪念广场，安放着毛泽东同志的铜像。我们去时广场才落成不久，参观的人很多。广场宽阔雄伟，环境优美绚丽，松柏玉立挺拔，花坛锦绣悦目。广场面积约 10 万平方米，瞻仰大道长 183 米（寓意毛主席身高 1.83 米），宽 12.26 米（寓意毛主席生日 12 月 26 日）。毛泽东同志铜像，坐西南，朝东北，身躯伟岸，手握书卷，着中山装，面带微笑，神采奕奕。铜像高 6 米，红色花岗岩石基，座高 4.1 米（寓意执政 41 年），全高 10.1 米（寓意国庆节），铜像重 3.7 吨（寓意 1937 年“七七事变”勿忘国耻）。这是一个意义深远的革命历史教育基地，看了让人深受激励。

到韶山，滴水洞是个必须看的地方，因为它有着“人未知”的秘密。滴水洞位于韶山冲西边，距毛泽东故居3千米，有龙头山、黄峰山、牛形山三山环绕，是毛家祖坟所在地。这里林茂竹翠，青山绿水，景色别致，人称“三湘林秀地，洞中别有天”。相传“舜帝南巡到此，见风景秀美，遂奏绍乐，引凤来仪，百鸟和鸣”。又传这里是“韶氏三女得道之处，有凤鸟衔天书到此地，三女成仙而去”。毛氏家谱记载风水先生诗云：“一沟流水一拳山，虎踞龙盘在此间，灵秀聚钟人未知，石桥如锁几重关。”石桥之下，小溪淙淙，天干大旱，滴水不断，回声悠扬，其韵如琴，故名“滴水洞”。滴水洞的东面是毛泽东曾祖坟墓，有龙泉三叠、奔龙泉池、观音远眺等龙头山景观；西面虎歇坪是毛泽东祖父坟墓，有虎雕、虎亭、滴水观音等景点。革命战争年代，蒋介石在围剿不能、兵败无奈的情况下，曾三次派人到滴水洞挖毛泽东的祖坟，欲破坏毛泽东祖坟的“龙脉”，借以达到破坏革命的目的。1930年国民党湖南省省长何健派兵往滴水洞虎歇坪挖毛泽东祖坟，韶山民众得知消息后，立即采取了保护措施，掀倒墓碑，深埋地下，刨平墓堆，植上草皮，把坟墓藏起来，躲过一劫。毛主席知道后风趣地说：“蒋介石的做法会失掉民心的，失民心者失天下。”后来的结果，还真让毛泽东言中了，蒋介石败退台湾，一个属于人民的中华人民共和国诞生了。

毛泽东热爱家乡，怀念父母、祖宗。1956年6月回到阔别32年的故乡韶山冲。到滴水洞口韶山水库游泳时，兴之所致，随口对时任湖南省委书记的周小舟说：“小舟，在这个山沟里修几间房子，我老了来住一住，中南局有些小型会议，也可以在这里举行。”于是有了滴水洞别墅之建。1966年6月毛泽东南下视察到韶山，在滴水洞住了11天，毛泽东住一号楼，工作人员住二号楼，警卫部队住三号楼。神秘的11天里，毛泽东在思考着什么，这里发生过什么事情，无人知晓。

1970 年，在那“深挖洞、广积粮”的年代，解放军欧阳海英雄连在别墅之后修建了长达百米深的防空洞，内设主席办公室、卧室、会议室。洞的一侧有防震室、指挥室等军事设施，两端有厚厚的自动控制铁门。这也许是毛泽东深谋远虑的特殊安排。

毛泽东生前很讲廉洁清正，没有给家乡什么特别照顾，做什么都是一视同仁。毛泽东的六位亲人，妻子杨开慧，弟弟毛泽民、毛泽覃，妹妹毛泽建，儿子毛岸英，侄儿毛楚雄，为革命牺牲了生命，同成千上万的烈士一样，仅享受着永垂不朽的历史光荣。毛泽东逝世后，韶山冲成了全国全世界人瞻仰游览的圣地，给韶山人带来了旅游致富的机遇，处处是毛家店、毛家铺、毛家饭庄、毛家宾馆等，众多毛家人因此而受益。由此折射到井冈山、遵义、延安、西柏坡等革命根据地和重要节点，成了红色教育基地和旅游胜地。毛泽东有其千古不朽的功绩，他带领人民建立了新中国。他有着深刻而伟大的影响力，毛泽东思想使马克思主义中国化，指导了中国革命实践。同历代帝王秦皇汉武、唐宗宋祖、成吉思汗相比，应是历史的佼佼者。早在革命战争年代，中国贫农李有源创作的著名陕北民歌《东方红》中就唱着：“东方红，太阳升，中国出了个毛泽东，他为人民谋幸福，呼儿嗨哟，他是人民大救星。”反映了当时亿万贫苦农民的心声。1964 年李郁文创作、周恩来总理亲自修改的《大海航行靠舵手》唱道：“大海航行靠舵手，万物生长靠太阳，雨露滋润禾苗壮，干革命靠的是毛泽东思想。”人们把毛泽东比作“救星”“舵手”，把毛泽东思想比作“太阳”“雨露”，就是一种民众对美好生活的向往和意志的存在，就是一种寄托和对理想的期待。

2013 年冬月

会聚香山

我这里要说的香山，并非北京西郊的香山，而是甘肃陇南的一处风景秀丽的景点。这座香山位于西和县之西，礼县之东，为两县天然连体绿色屏障。古来这里丛林茂密，松柏参天，名刹荟萃，古寺灿灿，游人闻名而至，香火十分旺盛。但由于西礼地理环境特殊，加上长期乱砍滥伐，林木资源受到严重破坏，自然风景有失优雅。1982 年以来，香山景区的保护和建设受到了西礼两县领导重视，开始实行飞播油松、云杉计划，接着连续进行点播、撒播、补植，已成林 20 多万亩，景区基本实现了绿化。早种植的松林已郁郁葱葱，涛声涌起。景区的公路也已修好，从西和上山如入碧波绿浪，浓浓的清香扑鼻而来，令人心醉。

1994 年春，在礼县县委书记张余胜、县长靳百龄的倡导下，县委政府主管林业和文化的领导同志，以及有关部门的负责人，相约来到香山游览查看。主管文化的副县长张明生，林业局局长王炳钧当向导，介绍景点情况。

史料记载，香山不仅风景优美，而且寺殿规模宏大，有三大寺院，即麒麟院、锦峨院、龙潭院，也称上寺、中寺、下寺。建筑雄伟，气度恢宏，飞檐悬瓦，巧夺天工。清朝光绪年间《重建香山过厅碑》记载

了当年香山寺庙的盛况。民国初又有过一次大规模的翻修补建，据碑文记载，民国十二年（1923 年）的大修工程以观音殿为中心展开，依次新修了棂星门、玉皇殿、钟鼓楼，还有隐士观星宿、望仙气的亭台。之后，民间又有几次整修，香山庙宇逐渐扩大。每年农历四月初八和端午节前后，游人云驰沓至，盛况空前。

香山景点主要为香山流云、十二锅坑、舍身崖、双人石、天梯、风洞、冰洞、悄悄水、分界石九大景观。香山观云，缥缈奇绝。晴天雨后，云雾缭绕；清晨午时，各有不同；云行林海，沙沙有声；云降山腰，雷雨发作。有时，山下降雨，山上却是艳阳天，形成了香山特有的流云奇观。香山顶上有十二个大小不同、形状如锅的坑，相传是观音菩萨香山修行时在此做饭，日久形成的十二个锅坑。

舍身崖后面有个天然石塔，又称石人，傲立香山，守山护法。在舍身崖左边的天梯八盘路，是通往大殿的必经之道。蜿蜒曲折，道窄山险，拾级而上，如履天梯。

舍身崖半山腰有一个洞穴，号称风洞。风起，好似风从洞口呼啸而出，雾从洞口喷涌而现。风洞之下有三眼清泉，相传饮之，可消暑祛病，驱邪防身。

后山有个冰洞，掩映在参天古柏的峭壁之中，冰柱林立，终年不消。暑夏三伏，洞内寒气袭人；严寒三九，洞内温暖如春。

香山左端石壁中有一口泉，名叫悄悄泉，泉中水时有盈缺，要见泉中水，必须宁静观之，不能大声喧哗，水方可盈满而出。如若轻浮吵闹，就见不着泉水。《西和县志》录赵烈夫《夏日探山冰洞》诗曰："苍台细路带云攀，隐隐洞门生野烟。水境宫中冰作柱，玉岩楼下漏催寒。石疑百态不知冷，地绝四时无计年。风撼山鸣如虎啸，滴敲幽境拨琴弦。"洞穴之胜，惟妙惟肖。

香山顶上，奇峰罗列，高耸入云，上面除佛寺外，还有两个墓堆，据说一个是观音俗身（妙善）的墓，一个是普贤俗身（妙元）的墓。相传香山还埋着观音菩萨的舍利子，更让人顶礼膜拜。

关于妙善公主为观音转世的传说，有多个版本。一说是妙善舍身救小白兔。妙善在香山修行时，有一天正在崖畔凝神作禅，突然一只白兔从眼前跑过，向悬崖跑去，妙善为救白兔，立即向悬崖扑去，不幸坠入了深渊。妙善涅槃后，被弟子们安葬在悬崖上，从此这个峭立孤峰被称为舍身崖。为纪念妙善，人们修庙供奉。一说是妙善舍身救父。妙善听到父亲庄王患了怪病。郎中诊断后说："必须用亲骨肉的一只手、一只眼作药引子，方能治愈，否则即便神医，也无可奈何。"就在父王病入膏肓时，妙善回到父亲身边，请求献出眼和手为父治病。父王病好了，妙善也圆寂了。父亲痛哭道："朕之无道，乃令我女至死手眼不全，愿天地神灵，令吾儿复活，枯眼重生，断臂复全。"话音刚落，天地一时光芒四射，妙善随即手眼完全。妙善之孝，感动天地，功德圆满，得道之际，化作观音菩萨之相，腾云飞升。庄王为纪念爱女，令工匠在大殿塑一尊“全手全眼”三皇姑（妙善）像，结果工匠误将“全手全眼”听为“千手千眼”，于是塑出了一尊“千手千眼”妙善像。自此，千手千眼观音菩萨问世。“千眼遍观世界不平事，千手遍护受苦受难人。”据传观音菩萨神通广大，有求必应，老百姓无不崇拜。这些虽然是神话传说，但是目的全为劝人向善。

香山之巅有一块天然巨石，将香山分成两半，此石成了西和、礼县的分界石。巨石默言欲示，保护和建设香山是西礼两县共同的责任。我们的聚会结束了，此行可谓“一箭三雕”，既看了香山的美丽景观，又听了动人的传说，还达成了共识。我们决心进一步保护好景区生态，保护好文化遗产，把香山建设得更好更美，给后人留下一幅美好的画卷。

2014 年 4 月 8 日

海滩遐想

大山里生活久了，想去沿海看看，开阔一下眼界。海南是中国最南端的省份，简称“琼”，四面环海。西临北海湾，与越南相对；东濒南海，与台湾相望；北以琼州海峡与广东省相接；南与菲律宾、文莱、马来西亚隔海为邻。海南是中国唯一的省级经济特区，陆海总面积200多万平方千米，西沙、中沙、南沙群岛包括其中。三亚又位于海南的最南端，是具有热带海滨风光特色的国际旅游城市，别称“鹿城”，有“东

方夏威夷”之美誉，风景优美，花香四季，四时如夏，空气质量最好，是全国最长寿地区之一。前往三亚旅游度假，是一个很好的选择。

我曾两次到过三亚，第一次是随陇南市人大组织的考察学习团，先到海口，海南省人大接待了我们。第二天乘大巴从海口出发，沿东线公路到了三亚市，走马观花，看了一些地方，晚上沿着西线公路返回海口，把海南岛走了一圈儿，初步有了些印象。想着有机会要仔细观赏一下这个热带海滨城市的风光，体验一下三亚的生活。这个曾经为古代皇帝流放逆臣的不毛之地，现在成了人们向往的国际旅游城市，实在令人兴奋和骄傲。

2015 年元月，家乡陇南已进入寒冷的冬季，几个朋友相约，到三亚过春节，暖和暖和。于是领着爱人飞到了三亚，这是第二次来到这个海滨城市。

退休了，有了足够的时间。几位老同学、老朋友、老同事、老领导，曾经的大忙人，而今悠闲地会聚三亚，开始了美好的旅居生活。我们各自租了房子，购置了简单的灶具和日用品，外面的饭不想吃了，就自己做家乡饭吃，都是自带“厨师”的。在三亚的活动，一切都由我的好朋友、好兄弟王爱族来安排。一般上午出去看景点，下午在凉快的地方聊天、下棋、玩牌，或者泡个温泉澡。三亚的温泉和海滩同样诱人，游览“大东海”“三亚湾”“亚龙湾”，光着脚在柔软的沙滩上漫步，卷着裤腿在海边玩水，令人浮想联翩。看着浪击沙滩、一望无边的大海，顿觉眼开胸阔，心高气爽，不由得想起林则徐送左宗棠的对联：“海纳百川有容乃大，壁立千仞无欲则刚。”大海因为有宽阔的肚量才容纳了成千上万的河流，高山因为没有钩心斗角的凡世杂欲才如此挺拔。比喻有“方寸之心，如海纳百川”“有容，德乃大；无欲，心自安”。话说“宰相肚里能撑船”,“有容”“无欲”是圣贤胸怀，是伟大人格的体现，看大海，想大海，无疑是一种情操的修炼。

参观亚龙湾的森林公园，目睹诸多度假休闲的村寨，游览老人疗养场所，很自然想起家乡陇南，想起“天然氧吧”康县，虽“不在其位，不谋其政”，但想惯了，就不由自主地往这方面想。康县山区森林植被好，风景优美，气候宜人，虽四季分明，但冬无严寒，夏无酷暑。如果能像三亚那样，大力发展旅游产业，建些疗养养生场所，吸引更多的人来旅游、度假、养生，应是一件大好的事情，可为当地老百姓开辟一条致富路子。后来听说正在这样建设，好让人兴奋。谈到旅游，曾任成都铁路局局长的老同学贾定成很有感慨地说：“高铁是发展旅游产业的‘火车头’，前景很好，这不再是梦想，而已逐渐变为现实。”

快过春节了，三亚大街小巷充满了过年的气氛。中华民族过春节这个魅力是很大的，人们都忙着购置年货，春联、年画、爆竹、香蜡、灯笼、海鲜、瓜果、蔬菜成为热销货。当地人兴高采烈，一派热闹气象，我们却有点寂寞、想家的感觉，深居数千里之外，不能同家人团聚。不过，我们还是按照家乡过年习惯，除买了些食品外，还购买了香、蜡、纸和爆竹。除夕之夜，我和老伴在海边点燃香、蜡、纸，放鞭炮以示祭祖，心里觉得舒服了许多。已是晚上十点多钟了，孙女惠惠打来电话，说她和爸爸、妈妈已在凤凰机场下了飞机，出租车司机找不到住的地方，要我去接一下。我问：“为什么不提前说?”孙女俏皮地说：“不是为了给你和奶奶一个惊喜嘛!”一下子打破了寂寞气氛。爱人同往年一样，忙里忙外，准备着过年的饭菜，全家五口人看着春晚，吃着年夜饭，嗑着瓜子，在欢快的爆竹声中，度过了有特殊意义的春节。原陇南地区专员贾宝忠还特地为我们题写了一个大“福”字，祝福春节快乐。

农历2015年正月初一，又是一个甲子年度的新起点。吃完年饭，我当向导，带全家人去看大海、逛沙滩，在浅海游泳，以新的形式欢度新年。孙女惠惠看到了新的世界，玩得十分开心。几天的活动都是围绕大海转，正月初三我们登上三亚鹿回头半岛公园，仍然是与大海有关。半岛三面环海，一面临三亚市区，是登高望海、观日出日落的制高点。我们步行到山顶花园，登上北亭观景台，俯瞰三亚市全景，瞭望茫茫南海，观看天涯海角，一切美景尽收眼底。城海一体，海天一色，江山多娇，何等壮丽。马万祺先生曾挥毫留诗："人生莫负海南游，五指山高景物优。最爱凤凰临宝地，三亚难舍鹿回头。"

游三亚千万别忽视了看南山文化景区。南山是海南最南端的山脉，在三亚市的西南边，是"吉祥福泽"之地，古语中"福如东海，寿比南山"的"南山"，就是指这个地方，曾荣获"中国人居环境范例奖"。南山文化景区中"南山寺""大小洞天"，集佛、道文化于一山，应为重要看点。南山寺前海中塑着108米高的海上观音，被称为"世界级"

“世纪级”佛事工程，中国佛教协会会长赵朴初为圣像题名“南山海上观音”，是目前世界上最大的白衣观音三面立体造像，一面手拿莲花，一面手拿金书，一面手拿念珠。导游解说：观音圣像足下有 10 米高，四层莲花宝座，宝座下为金刚台，台内是面积达 15000 平方米的圆通宝殿，金刚台由 280 米长的普济桥与陆岸广场及两侧主题公园相连，组成面积约 30 万平方米的“观音净苑”。

据说，南山海上观音三面立体圣像手中的莲花象征和谐，金书象征智慧，念珠象征仁慈。这尊圣像是中国古文化精髓的体现，是中华民族的理想之神、智慧之神。几千年来，在思想理论界虽存诸家、各派之争，但在“仁爱”“和谐”方面却有着共同的主张和追求，成为共同的理念。“和为贵”乃为中国优秀文化的传统和特征，成为“儒、释、道”诸家之共识。《论语》载：“礼之用，和为贵。”“和谐”为人类最大理想，且体现在各个方面。人体和谐，身体健康；家庭和谐，万事兴旺；社会和谐，国泰民安；人类和谐，世界和平；人与自然和谐，一切平安。目前，我们的国家所施行的治国理政理念及对外政策方略，不正是在为创造和谐发展而努力吗？观音菩萨的救苦救难，普度众生，不就是为人民解除贫困吗？观音手持荷花象征和平，不就是希望消除战争吗？中国人民乃至世界人民曾经饱受战争之苦，那种“争地以战，杀人盈野；争城以战，杀人盈城”之悲剧四处上演，正是劳苦大众、芸芸众生不能容忍的。热爱和平，反对战争，是人类的心声。

孙女惠惠那天表现非常好，不怕热、不怕累，看得认真，听得仔细，精神饱满。看完海上观音，在往回走的路上她向我提了一个问题：“爷爷，世上有观音菩萨吗？”我说：“有啊！”她又问：“在哪里呀？”我笑着回答：“在每个人的心里。”她不解地笑了。

梅园沟散记

梅园沟自然风景区在阳坝镇的西边，是阳坝最具代表性的景区。溯梅园沟直上，绵延数十里，百余平方千米境内，奇峰兀立，怪石嶙峋，群山溢绿，山泉飞瀑，是陇上著名的风景旅游名胜区。有人说“康县是因为阳坝而闻名，阳坝因梅园而多彩”，梅园沟素有“小九寨”之美誉。

我第一次去梅园沟是1976年夏季，跟随时任康县县委副书记王德成同志下乡。他分管农业，经常到农村走走看看。那时梅园不通公路，我们只能背个小帆布挎包，拄着棍子步行。我至今还保留着在梅园沟砍的一根梅竹棍，以作纪念。当时阳坝公社派了一位干部当向导，我们沿着古人踏出的羊肠小道，翻山穿林，在梅园沟行走。给人的感觉是刚下山，又上山，翻过一山又一山。途中不时看到猕猴在树林中跳跃，从这个树枝跳到那个树枝，有一种“隔叶黄鹂叫小猴”的味道。心里想着，不知道会不会碰上不可抵御的野兽，顿时心生恐惧，想说梅园的风景，却总是想不出一个词来形容。这里是原始森林，一切都是原生态，每走一步都是艰难地跋涉，有时要攀着路边的树藤前行，一天走二三十里就不简单了。

由于封闭，这里农民很苦很穷，有人说是“端着金碗讨饭”，一年能吃上苞谷珍珍饭，火烧馍，就是好日子，偶尔套个野猪、山鹿（当然，现在不能捕捉了）什么的，就算改善一下生活。衣裳服饰，为了防潮、防虫蛇，身上扎着三道布带，头上扎着白帕子，腿上扎着绑腿，腰里系上腰带。男女老少都有抽烟的习惯，说抽烟防虫咬，老爷子的烟锅总有一米多长，为抽烟、拐棍、防身三用品。住的房子大多是土墙草房，养牲畜的圈都是木摞房，透光露风。人们说："这是想死熊，气死狼，得看不得吃。"行路难是梅园人的一大痛苦，更是制约经济发展、影响人们生活的"一把锁"。听说有两个老汉"摆龙门阵"，一个问："老汉，你去过阳坝吗?"老汉答："没去过。"他又说："你连阳坝都没去过，我已经去过两回了。"梅园的许多人一辈子连个只有几十里的阳坝镇都没有去过。王德成同志一路上只说了一句话："梅园沟能修一条公路就好了。"

天赐良机，机会来了。1985 年 10 月 4 日，胡耀邦总书记视察康县，做出了开展国有林体制改革和"创造营林致富新经验"的指示。梅园沟原始森林属于阳坝林场管理，改革为其带来了极好的机遇。县上再三请求，并多方争取，得到省上的支持，拨款 50 万元修建梅园公路。阳坝镇大力发动当地群众积极投劳，终于打通了一条土路。通路那天，梅园人可高兴了，男女老少，围着汽车当铁牛看，瞅着摸着兴奋得说不出话来。路虽然通了，但当时汽车少，没有条件通班车，人们只是叹息："坐车的不修路，修路的不坐车。"不过，从通路起梅园的交通状况日臻便利，逐年改观。从骑自行车、摩托车到开拖拉机、面包车、大汽车，再到通班车，经历了各个阶段，有了长足的进步，同时也带动了当地经济的发展。

路通了，方便了，有机会故地重游，去梅园沟看看，共享改革发展的成果。我最后一次到梅园是 2013 年夏天，几个老朋友相约到景区转转。这时的梅园沟已经成为旅游胜地了，开始对外售票。景区内修了宽大的水泥公路，景点设施日益完善，到各景点都有旅游车。沿途村民装修了新房，村容村貌焕然一新。游客食宿有宾馆、农家乐，玩牌、下棋、打麻将，有休闲屋和娱乐场地。真是一个观景、休闲、娱乐、散心、养生的好去处。

热情的导游推介梅园的景点如数家珍，说景区有“五湖、四海、三潭、四瀑”。最著名的有天体浴场、月牙潭、蛟龙出海、快活林、幽梦谷、天鹅湖、梅园群海、海棠谷、瀑布、茶园等，还有天然珍稀植物园和天然动物园。犹如一弯月牙的“月牙潭”，两岸峰峦叠嶂，青翠欲滴，花堤柳岸，波光粼粼。湖水清澈见底，鱼儿自由游荡，不时还有珍贵的娃娃鱼出没。“快活林”中，麻柳成荫，芳草萋萋，莺歌燕舞，怪石林立，更有康南风格的青石板铺路，木摞凉亭和狩猎瞭望台等民俗建筑。“天鹅湖”，碧霞烟柳，绿树成荫，梅竹锁堤，过去曾有天鹅聚集，今有众多水鸟光顾。湖畔有天然沙滩，平沙如雪，湖水荡漾，可以乘艇游玩，还可垂钓休闲。“海棠谷”曲径幽雅，溪流纵横，那茶园、瀑布、海棠花，把整个山谷装扮得如诗如画。

梅园沟的景色美，梅园沟的人也美。开放旅游提升了梅园沟人的文化，他们有了商业头脑，有了做生意的意识，学会了围绕旅游做各种服务，办农家乐、休闲屋、小卖店、出租游艇，卖小吃、渔具，卖纪念品，卖梅园特产，等等。梅园茶叶、木耳、香菇、天麻成了游客必购的热销产品。

梅园沟活了，梅园沟富了。我第一次到梅园看到听到的情景，已经大大改变了。除了民俗、风情有所保留外，那种贫苦的日子已经一去不复返了。现在梅园沟的人用电器、骑摩托车已成常态。人人有手机不再是夸张，不少家庭还买了汽车。姑娘、小伙子的衣着打扮与城里人没什么两样，城乡差距在不断缩小。旅游推动了梅园人的脱贫致富，为梅园沟带来了前所未有的幸福和欢乐。

看过九寨沟的朋友都说，九寨沟山美、水美、林美，配之于适优的设施建设，再给景点取个“洋名儿”，什么“海、湖、滩、瀑”之类，就成了完美的观光景区。梅园沟比起九寨沟，虽然地域小些，景点少些，但称其为“小九寨”，应为名副其实，毫不逊色。

2015 年 3 月 18 日

神奇的礼县

礼县是个神奇的地方。神奇的水，神奇的山，神奇的故事，神奇的传说。

神奇彰显了地杰人灵，神奇沉淀了厚重的文化。神奇的西汉水流入礼县，给礼县创造了神奇。西汉水发源于天水的齐寿山（古有嶓冢山和寿丘山之称），流经礼县、西和、成县、康县，进入陕西略阳，汇入嘉陵江。何谓“汉”?《诗经・小雅・大东》云：“维天有汉。”“汉”指天河、银河。所谓云汉，天汉者也。”在先秦时期，汉为“天河”，即天上之水也。天下之水皆为由西向东流，这是因为天倾东南，西高东低的缘故。而唯独西汉水是由东向西流经礼县，在顺利峡转向南流，流到雷坝急转向东。西汉水像母亲的乳汁滋润着礼县大地，世世代代养育着这片土地上的苍生。西汉水使礼县的大地肥沃，西汉水使礼县的大地壮丽。大地儿女，一草一木，一鸟一兽，吮吸着西汉水的营养繁衍、生息、成长、壮大。

西汉水从东到西流经礼县全境，没日没夜地忙碌着、流淌着。她急促高亢，整天跳跃着、舞蹈着、欢唱着，无拘无束。她的流逝、辛劳、乳汁，不断地创造着历史文化，孕育着新的文明。

古先秦文化就是从这里起步，不断发扬光大。研读过《史记》的人都知道，礼县是秦人的发祥地，现今的礼县就是古代的西垂、西犬丘。西垂是秦人最早的都邑，也是西汉水上游开发最早最富集的河谷盆地，即现在的盐关、红河一带。

盐关自古以产井盐而闻名，卤水成滩，四时不枯。汉代置盐官，三国时称卤城。卤城四周，阡陌纵横，林草丰茂。秦人祖先大骆非子在西垂养马，大概就是得益于这里富足的牧草和不竭的卤盐。盐官骡马，体格高大，雄健骠悍，能骑善跑，耐力持久，一直为兵家难得的战马，其中不乏将军坐骑宝马，乃至于千里马。盐官谷地因此成了秦人立足西垂，东图霸业的根基。

没有西垂，就没有秦国，西垂是秦国当之无愧的摇篮。《史记》告诉我们，秦人祖先非子在犬丘养马有功。马大蕃息，受到周孝王的赏识，便把秦地分给大骆非子，号称秦嬴。周宣王即位后，封非子后代秦仲为大夫，秦仲讨伐西戎被杀。周宣王又召见秦仲之子庄公五兄弟，他们再伐西戎获胜，封庄公为西垂大夫，将西犬丘赐给庄公。庄公开始在西犬丘营造宫室，名为西垂宫。后来周王室迁都洛阳，秦襄公护送周平王有功，正式封襄公为诸侯，建立了秦国，设都邑犬丘西垂宫。秦文公东扩，西垂一直是秦国的政治经济中心。秦穆公时，“益国十二，开地千里，遂霸西戎”，为秦国霸业奠定了坚实基础。

《史记·本纪》记载，秦自非子至文公陵庙皆在西垂。礼县大堡子山秦陵墓群的发掘和诸多文物的出土，揭开了西垂陵园的谜幕。秦国陵园有四处，地处陕西省三个陵园，三十三个国君墓都已探明，最后一个发现的陵园就是古之西垂所辖大堡子山陵墓，即最早的西垂陵园（秦公墓）。目前，大堡子山的秦陵墓已被国务院列为全国重点文物保护单位。

大堡子山古墓发现之后，高额的利益诱惑，曾经吸引盗墓贼千方百计盗掘文物。其手段之恶劣，罪行之猖獗，令人发指！礼县县委、县政府下大力气组织公安队伍开展严厉打击，采取调查、追踪、围堵、夜袭、追赃等多种措施，打击犯罪，保护文物，有效减少了墓葬文物的流失。式路先生还以《金戈铁马》为题写了一篇报告文学，在《飞天》杂志发表，记录了这段历史。大堡子山承载着一群历史巨人，艰难走过了几千年。而今走进这一座座黄土古墓，仿佛又走向祖先的故居，听到了祖先的呐喊。从非子封邑，庄公建宫，襄公为侯，直至秦始皇统一中国，礼县这块地方建立了何等功勋，令人折服，令人敬佩。

礼县是块宝地，又为蜀陇要冲，历来为兵家必争之地。三国时期，诸葛亮六出祁山的故事脍炙人口。祁山东起盐官，西至大堡子山，绵延25千米，地处陇蜀咽喉，势控攻守要冲，是三国蜀魏之争的古战场。位于古战场中央的祁山堡是蜀汉丞相诸葛亮统帅三军六出祁山，讨伐曹魏的前线指挥部。

祁山堡堪称大自然中的一绝，茫茫平野上突然泛起一座绿丘，远远看去好似大海中漂移的一艘大轮船，扬帆起航，乘风破浪，稳稳向前。近瞧四面如削，高数十丈，方圆一里多围。山堡只有一条石阶路可通，以山就势，蜿蜒而上。峰顶平坦如席，松柏浓荫蔽空。堡中有一洞穴可通西汉水，是蜀军取水的地道。据传山上有城，极为严固。如今，山城已看不到了，而“忠武侯诸葛亮庙”却日盛。庙门上那副对联耀人眼目：“登高览胜，陇上风云鸣铁马；临塬怀古，渭滨军垒走木牛。”庙宇前后三院，雕梁画栋，富丽堂皇。大殿为诸葛亮塑像，手执羽扇，眉清目秀，端坐正视，栩栩如生。偏殿为关羽、姜维等大将塑像。古祠题壁如林，匾额楹联众多。

山堡外围，可见当年蜀军伏兵的圈马沟、藏兵湾。西汉水河心有一块巨石，是诸葛亮的上马石。山堡与各营之间有通道和木桥连接，构成了一幅指挥部与兵营沟通的联络图。运筹帷幄，用兵如神的诸葛孔明，就是在这里指挥伐魏之战。诸葛亮为严明军纪，挥泪斩马谡，卤城设迷魂阵巧夺魏粮，天水用谋义收大将姜维，木道门设伏射杀曹魏名将张郃，诸多战役都在祁山堡谋划完成。诸葛亮六出祁山，泛指六次北伐，是其北定中原、兴复汉室，不折不挠、鞠躬尽瘁精神的象征。

诸葛亮很赏识姜维的才能，赞扬姜维："敏于军事，深知兵法，心存汉室，才兼于人。"诸葛亮死后，姜维受任蜀汉大将军，为实现诸葛亮未尽之业，起兵汉中，屯兵天龙山，以图再进中原。姜维用木牛流马运粮诱敌出笼之计，大胜司马昭，留下了历史佳话。

礼县不仅是诸葛亮六出祁山图进中原的要道，还是南宋抗击金兵的战略要地。宋钦宗靖康三年（1126 年）末，金兵企图颠覆南宋政权，分兵三路南下，其中一路向陕西、甘肃进军，天水、礼县就成了抗金战场。据《直隶秦州志》记载："宋白环堡，（县）东 90 里，山峰抱合，其形若环，武侯修伏兵，吴磷防金设防于此。"礼县白环堡连接徽成，是通往四川的道路之一。金兵进犯，南宋于白环堡一带挖地网设防，在路道上纵横开渠，每一条渠宽八尺，深丈余，共 500 多条，交错不断，如同地网，使金兵战马陷入难以自拔，失去其纵横驰骋的威力，不能发挥骑兵优势，有力阻击了金兵进犯。

雍古氏按竺迩，因抗金有功，拜征行大元帅。关陇得以平定，按竺迩言于宗王曰："陇州县方平，人心犹贰，西汉阳当陇蜀之冲，宋及吐蕃利于入寇，易得良将以镇之。"蒙古太宗丙申年（1236 年），始置礼店文州元帅府，按竺迩任大元帅，坐镇礼店文州元帅府。礼店曾孕育了赵氏几代雄才，导演了一幕幕惊心动魄的历史壮剧。按竺迩死后，其子国瑶、国宝、国安先后袭任礼店元帅之职。他们足智多谋，战功赫赫，劝善施政，为诸蕃所服。

按竺迩孙辈的佼佼者当属赵世延。他是国宝的二子，生于礼店，聪明过人。20 岁时承世祖忽必烈召见，保送枢密院御史台肄习官政；24 岁出任云南诸路提刑按察司判官；29 岁出任监察御史；31 岁之后，出任湖北道、四川肃政廉访使。晚年升翰林学士承旨兼御史中丞，加奎章图大学士，拜中书平章政事。步步腾升，为官卓著，死后追封鲁国公，谥文忠。元延祐三年（1316 年）、元仁宗敕赐“赵世延家庙碑”，全称“大元敕赐雍古氏家庙碑”。碑首前额篆书“敕赐赵世延家庙碑”八个大字，阴面楷书“大元敕赐之碑”六字。碑文记述了按竺迩家族为元朝政权所建立的丰功伟绩。赵世延传记这样评价：“世延历事五十余年，将之以忠义，守之以清介，饰之以文学，凡军国利弊、生民休戚、知无不言而于儒者名教尤拳拳焉。”

在礼县流传盛广的历史名人，还有一位名叫王仁裕。王仁裕字德馨，五代时秦州长道人，今属礼县石桥镇斩龙村。生于唐僖宗广明元年（880 年），后周显德三年（956 年）病逝于开封宝积坊私第。时隔 16 年后由嫡孙王永锡护柩归葬故里。又隔 13 年后，其嫡孙请祖父门生北宋宰相李昉撰写“碑铭”，于宋雍熙元年（984 年）立碑，全称“周故太子少师王公神道碑”，简称“王仁裕神道碑”。碑体外观高大雄浑，碑文书法苍劲秀丽，刻工精细，是古代书法的艺术珍品，现为省级重点保护文物。

王仁裕是五代时期著名的政治家、文学家、诗人。官至翰林院士、户部尚书、兵部尚书，死后诏赠太子少师。虽时逢五代乱世，几经朝兴朝衰，皇权数次更替，但终因聪慧过人而免遭厄运，名留青史。王仁裕擅长于文学创作，尤以诗为最甚，人称“诗窑子”。一生写诗万余首，成集数百卷。记入神道碑的篇目有《秦亭篇》《锦江篇》《人洛篇》《西江篇》等。还有诸多散文作品也广为流传。

据传，王仁裕自小读书不进，浪荡故里。汉阳川有赤土山，土红如血，山上有祠，称西江祠，朝钟暮鼓，香火极盛，他常游玩于赤土山的翠峦古刹之中。一日，他登上赤土山，在西江祠外一块大石头上睡觉，恍惚梦见西江神向他走来，先剖开他的肠胃，以西江水洗之，然后看到江中细沙碎石皆为五光十色的文字，取而吞之，顿觉开悟。从此文思奇进，聪明无比。诗书一览，有如宿习，下笔成章，不加点窜。《礼县志·艺文》载《西江感应》诗曰：“西江汲水涤胃肠，仁裕诗名赫后唐。砂石一朝成篆刻，紫泥千古焕缥湘。豕头谈易成昏昧，鹤背飞仙更渺茫。何似木无清暑客，负薪入梦悟文章。”五年后王仁裕游天水麦积山，写了《题麦积山天堂》一诗：“踏尽悬空万仞梯，等闲身共白云齐。檐前下视群山小，堂上平分落日低。绝顶路危人少到，古岩松健鹤频栖。天边为要留名姓，拂石殷勤手自题。”世人称奇才奇诗。

历代传神成过去，当今豪杰更雄奇。礼县地灵人杰，人才辈出，硕果累累。他们为礼县谱写了更好更多的动人故事，创造了更加灿烂的文明。我在礼县工作过，走过礼县的山山水水，也有许多知心朋友。我热爱礼县，思念礼县，更想拥抱礼县。我希望礼县的发展，像满山满川的苹果，绿得可爱，红得发光，黄得灿烂。

2017 年 9 月 18 日

北京随记

北京，中国的首都。生活在大山间、大河边、大川里、大海岸的每一个中国人都有着自己的北京情怀，梦想着到北京这个祖国的政治、文化中心看看，显示荣光和自豪；梦想着到天安门广场转一圈儿，亲眼看看天安门的模样；梦想着到紫禁城瞧一瞧历代帝王将相、妃子佳人议事生活的地方，听听北京人讲述的传奇故事，参观故宫博物院展出的奇珍异宝，开阔一下眼界；梦想着登上八达岭长城，瞭望长城内外壮丽的大好河山，感受一下“不到长城非好汉”的情怀。北京的著名景点，每天都是人山人海，以至于有些景点如故宫不得不采取限流措施。

北京是一个观光的文化古都，更是一个近代史教育基地。游览圆明园，了解火烧圆明园的屈辱历史，令人惊心动魄。1860 年英法列强进攻北京，占领了圆明园，把园内外历史文物、金银珠宝抢劫一空，杀人放火，无恶不作，大火三天三夜不灭，三山（万寿山、香山、玉泉山）、五园（圆明园、清漪园、静宜园、静明园、畅春园）尽受其害。历代帝王经营了 100 多年的国藏文物 150 多万件，上至先秦青铜器，下至唐、宋、元、明、清名人书画，奇珍异宝不留不剩。1900 年八国联军（英、美、法、德、俄、日、奥、意）侵华，又一次进攻北京，对整个北京城进行了惨无人道的烧杀抢掠，杀人无数，北京成了尸体遍地的坟场，财物被掠无数，建筑物毁于一旦。修复后的圆明园再遭劫抢，终成废墟。1901 年 9 月 7 日清政府被迫签订《辛丑条约》，赔款四亿五千万两白银，中国自此沦为半殖民地半封建社会，给国家和人民带来了空前的痛苦和灾难。

回顾被侵略、被欺凌、被掠夺的伤心历史，再回到天安门广场，参拜人民英雄纪念碑和毛主席纪念堂，历史把人们引入了沉痛而深刻的思考之中。人民英雄纪念碑的正面，毛泽东主席亲笔题词："人民英雄永垂不朽!"背面是毛主席亲自起草，周恩来总理亲自书写的碑文："三年以来，在人民解放战争和人民革命中牺牲的人民英雄们永垂不朽！三十年以来，在人民解放战争和人民革命中牺牲的人民英雄们永垂不朽!由此上溯到一千八百四十年，从那时起，为了反对内外敌人，争取民族独立和人民自由幸福，在历次斗争中牺牲的人民英雄们永垂不朽!"这是历史的评价，又是人们世代永不忘的纪念。到毛主席纪念堂，缅怀中国人民的伟大领袖毛泽东同志。参观毛泽东、周恩来、刘少奇、朱德、邓小平、陈云六位领袖的革命业绩展览馆，仿佛走进了火热的中国革命战争和建设年代，使人心潮澎湃，热血沸腾，深感革命不易，和平生活来之不易，不忘初心，继续前进的决心更加坚定。站在毛主席水晶棺旁，瞻仰毛主席遗容，好像他老人家还活着，永远活在中国人民的心里！毛泽东思想永远指引着中国人民前进的方向。那"为人民服务"的声音和"务必使同志们继续地保持谦虚、谨慎、不骄、不躁的作风，务必使同志们继续地保持艰苦奋斗的作风"的告诫，永远在每一个共产党人的心中激荡。

看了这些，接着看中国国家博物馆，重温中国革命和军事斗争的历史。给思想“充足了电”，再去天安门城楼前观看升国旗仪式，就更具有特别的意义。朝霞中伴随着东方缓缓升起的太阳和嘹亮的《义勇军进行曲》，五星红旗在北京天安门广场冉冉升起。此时此刻耳边似乎响起毛主席在天安门城楼上庄严宣布“中华人民共和国，中央人民政府，今天成立了”的洪亮声音，人们激动的心情实在难于言表。那迎风飘扬的五星红旗，是无数革命先烈的鲜血染红的旗帜，是中国革命胜利的旗帜，也是未来希望的旗帜。这面迎风招展的红旗，标志着中国人民站起来了，标志着中国人民受侵略、受压迫、受欺辱已永远成为历史，伟大的中华人民共和国已在世界的东方坚强地崛起，从此走向繁荣富强。

我是第四次来北京，前三次是出差、工作、开会，这次是同孩子们一起来，圆了孙子“我爱北京天安门”之梦。北京看点很多，有历史之风雅，有现代之经典，魅力无限，感受多多。具有古今文化交融建筑风格的首都机场新航站楼、北京火车新南站，充分展现了中国交通的现代化。北京体育馆的“鸟巢”“水立方”场馆，曾在 2008 年世界奥运会上大放异彩。中国体育健儿在那届奥运会赢得了 51 枚金牌，荣居榜首，是体育强则国家强的有力展现。在雁栖湖国际会展中心，2017 年 5 月举办了“一带一路”国际合作高峰论坛，向世界传递了打造“人类命运共同体”的中国方案和中国智慧。更有国家决定新建的雄安新区，属首都副中心，是千年大计的标杆工程，它将使京津冀科学融合，成为全球最具规模的国际城市群。北京的建设日新月异，百看不厌，如果有机会再去北京，也许又将看到许多未曾见过的景象。

2017 年 9 月

九寨之水

在伟大祖国的腹地有一块神奇的地方，位于四川省阿坝藏族羌族自治州，南坪、平武、松潘三县交界处，有三条神秘的沟，保存着千古长成的原始森林，因这里有九个藏族村寨而取名“九寨沟”。三条“Y”形分布的沟，总长60多千米，面积6万多公顷，沟口海拔2000米，山顶海拔4500米。境内雪峰插云，古木参天，平湖巨瀑遍布。共有12座山峰，108个湖泊，52个滩流，12处瀑布。被国务院确定为国家级风景名胜区、国家自然保护区、5A级旅游景区、国家地质公园，并拥有“世界自然遗产”和“世界生物保护区”两项世界级桂冠。大概是“原始”的缘故，原始森林中流淌着原始的水，水生万物，这里便成了“人间仙境”。

有人说“九寨归来不看水”，此言不虚。我看过很多的水，游览过波澜壮阔、无边无际的海洋，观赏过奔腾东去的长江、黄河，浏览过平静如镜的洞庭、西湖，却没见过九寨沟这样美丽奇绝的水。天赐地设，蓝天、白云、雪山、森林与形态各异五彩斑斓的水，构成了一幅原始古朴、神奇绝美的自然图画，活脱脱展现在世人面前，去过九寨沟的人无不感慨赞叹。

九寨沟的水，首先是形态很美，海、湖、河、瀑、溪、滩、冰、雪千变万化。时而刚烈、时而温柔、时而高歌、时而低吟，多姿多彩。沟里海子、湖泊有上百个，要看完它们是要下一番工夫的。美丽的海子，人们亲切地称为“海的孩子”，那箭竹海、熊猫海、五花海、天鹅海、金铃海、镜海，向人们展现出无限的美好风光。正树群海，竟由二三十个大小不同的海子组合而成，呈梯田状，层次分明，绵延数里，颇为壮观。珍珠滩瀑布，恰似自天而降的银河，从珍珠滩飞泻直下，雄伟磅礴，似银帘飘荡，似珍珠飞溅，奔入涧底，浪花卷起，吼声如啸。电视剧《西游记》的片头景就是在这里拍摄的，曾秒夺国内外电视观众的眼球。诺日朗瀑布、五彩湖的景致，更有别样风采，美不胜收。有人不时踏入滩流，蹚着林中的流水，观赏滩中的树木花草，顿觉赏心悦目。遥望四季不化的雪山，瞭看冬季状如冰雕的景观，又有“冰清玉壶”纯净清新之感。

九寨沟的水，不仅形态美，而且色彩也很美，水的主色调是蓝色，蓝得让人心驰神往，湛蓝、湖蓝、深蓝、浅蓝，蓝得淡静、优雅，极富灵性。难怪我几次在九寨沟的摄影照片，总带有蓝蓝的色调。当然，九寨沟的水除了蓝色之外，更有斑驳陆离、五彩缤纷、美丽迷人的色彩。五花海是九寨沟的精华，独霸九寨。同一水域呈现出不同的色彩，有如天空般湛蓝、宝石般墨绿、鸟羽般鹅黄，好似孔雀展翅开屏。入秋时节，四周山坡丛林赤橙黄绿紫五彩斑斓，倒映海中妙不可言。海底枯树沉木年久钙化，变成丛丛珊瑚，加上水中植物翠绿点染，五光十色，令人陶醉。还有那五彩池，更堪称九寨一绝，湖泊虽小而色彩丰富。从湖岸望去，上半部呈碧蓝色，下半部呈橙红色，左边呈天蓝色，右边呈橄榄色。湖里生长着水绵、轮藻、水蕨等水生植物，湖边生长着芦苇、节节草、水灯芯等草本植物。导游介绍，因这些水生植物群所含叶绿素深浅不同，而呈现出不同的颜色，并且随阳光的照射，变幻莫测。四周成为冰天雪地，五彩湖却不结冰，让人称奇。

九寨沟的水还有一种美就是清澈美。清得透明，清得见底，看那水底的鱼虫翠石、沉木枯枝，如数家珍。有人说“水至清则无鱼”，可是九寨沟的水清却有鱼。小鱼儿为幽深的湖泊、山溪带来了无限的生机和乐趣。游客们看着那水中自由自在的小鱼和一群群可爱的野鸭，在水里游来游去，无不感到开心快乐，不时赞叹：“真是个养心修道的乐园啊!”再看那远处的山、远处的树、山间野花，同蓝天白云一起倒映在水里，影影绰绰，婀娜多姿，更是心旷神怡。在这里，天在水中，山在水中，景在水中，水最具灵性。

九寨沟的水是自然美的源头，万物皆因水而美丽。九寨沟的水没有污染，九寨沟的森林没有受到人为的破坏，一切保持着原始的状态。雪峰、彩林、翠海、叠瀑、滩流等自然美景，都保留着其原始的风貌，没有人工雕琢的痕迹，没有浓妆淡抹的打扮，原汁原味。清可见底、绿如翡翠的水，映影着青青的山、蓝蓝的天、白白的云，滋润着树木花草，养育着百鸟异兽，描绘出世间少有的自然美的画卷，演奏着“高山流水”永不停息壮丽而优雅的乐章。行路间不经意惊跑了到小溪边喝水的山鹿，站在老远的地方回头深情地眺望；调皮的金丝猴拨开树枝从叶缝里窥视着，看游人是否留下宝贵的“礼物”；悠闲的熊猫不怕人，咬着竹子打滚儿，真是“神仙留恋画中游”啊。因为水美，九寨沟成为自然和谐的典范，动植物群相依共生。因为水美，九寨沟成为金山银山，无仙也灵。

九寨沟的水确实太美了，美得像一幅幅流动的“神画”，美得梦幻神奇，使人如入仙境。如此说来，称九寨沟是“人间天堂”“童话世界”，确是名副其实了。

2017 年秋

青岛，你好

二十年前我曾到过青岛。山东改革开放起步早，青岛自然是排头兵，陇南地委组织各县有关负责同志前往考察学习。青岛三面环海，一面靠山，独特的地理环境造就了它得天独厚的自然景观。中西合璧的建筑，山、海、城相融相拥，红瓦、绿树、碧海、蓝天，浑然一体，美妙神奇。青岛人以大海般的胸怀接纳着各地游客，介绍他们的发展经验，令人无比兴奋，久久无法忘怀。短暂的旅程虽留恋不舍，但因工作原因，只能踏上返程，怀着依依不舍的心情，挥手回望，离开青岛，只盼着有机会再来，心里喊着："再见，青岛!"

二十年后，2018 年"五一"小长假，同孩子们商量有幸重到青岛一游。五月，在青岛是个特别的月份。五月的青岛，风里带着些许春寒，不热不冷。站在海边的微风里看青岛，碧海蓝天，辽阔无际。被大海拥抱着的青岛就像一颗绿珠，绿得可爱。绿到山头，绿到海角，绿到天边，真是春深似海，让人心醉，大开眼界。五月的青岛，就是一个大花园，百花争艳，万物复苏，一片葱郁，美不胜收。老舍笔下《五月的青岛》，红樱绿海，到处是花香。樱花、海棠、丁香、杜鹃、梅花、桃花、梨花、苹果花，各种各样的花儿竞相开放，奇特的藤萝顺着围墙往上爬，高悬的花穗儿散着一街的香气。老舍的长篇小说《骆驼祥子》《老牛破车》等主要著作就在这里写成。李白著名诗篇《寄王屋山人孟大融》，蒲松龄《崂山道士》和《香玉》在这里问世，还有秦始皇游崂山、张三丰在崂山修炼，也广为流传。崂山被称为“海上第一山”，更让游人向往。

五月的青岛，人流如海，车流如潮。我们在青岛朋友的带领下，看完崂山，来到富有象征意义的五四广场，观看海景。海面上大小游轮穿梭漂流，海边停满了各种各样漂亮的船只，甚是壮观。我们也兴致勃勃加入游人行列，乘着美丽的游轮在黄海转了一圈，从海上回看青岛的美景。五四广场是为纪念五四运动而建。1919 年日本企图把已被德国侵占多年的青岛据为己有，夺走中国对青岛的主权，引起了北京学生于五月四日举行游行抗议，高喊“还我山东，还我青岛”的口号，誓死捍卫青岛主权。北京青年学生的示威活动得到全国人民的支持，掀起了规模空前的反帝爱国运动，最终获得了胜利。五四广场的中心雕塑着一个标志性建筑，名为“五月的风”，展示了岛城的历史足迹，成为广场的灵魂。整个建筑为火红色调，劲风形象，螺旋向上，腾空而起，给人以力的震撼。

“五月的风”，既有青岛历史的内涵，又是青岛人精神的标志。青岛在发展，青岛在腾飞。青岛的山美水美，青岛的发展更美。随着历史的变迁，青岛城由明代初为抵御侵略而建的“浮山所”，发展成一座拔海而起的海滨城市。中华人民共和国成立后，特别是改革开放四十多年来，青岛更是如虎添翼，突飞猛进，一跃变成现代化国际大都市，全市GDP超万亿，成为中国环境最美，最具幸福感的城市，被称为“东方瑞士”“万国建筑博览之城”，被誉为“祖国的东方门户”。青岛的经济像“五月的风”，腾飞向上。海尔集团、海信集团、双星集团和青岛啤酒股份有限公司引领着青岛经济的发展，创造了享有国际声誉的中国品牌。青岛打造了强大而美丽的交通网络，海航、空航、高铁、高速公路，四通八达。人流物流，南来北往，络绎不绝。还有那沟通青岛和黄岛的胶州湾大桥和胶州湾海底隧道，更令世人惊叹，往返六车道，川流不息，车水马龙，结束了“青黄不接的历史”，促进了两岛经济高速发展。

五月的风里带着几分湿润，空气清新，几乎没有灰尘，在青岛转上几天也不用擦皮鞋。青岛的环境很美，开车在海边弯曲的大道上行驶，宽敞的道路两旁，花红草绿，树木列队，一路走来，美景目不暇接。青岛人多、车多、船多，但不拥堵，总是井然有序。机场、车站、码头、医院、商场、人多的地方，总是自觉排队，没见到拥挤混乱现象。广场、街道、马路、超市、学校等公众场所，没有果皮、纸片、烟头、塑料袋之类的垃圾，更没有人随地吐痰。每个人心里都亮着一盏“红灯”，自觉维护城市秩序，讲究城市卫生，爱护一花一木，美化城市形象，成为青岛人精神文明的体现。今年六月上海合作组织峰会将在青岛举办，有关国家的国旗已在会馆高高升起，青岛人在以各种方式，用实际行动迎接上海合作组织峰会的召开，更显青岛的城市品位。

“五月的风”代表着青岛人民的高尚精神。青岛地处黄海之滨，又在中日韩自贸区的前沿，宜商宜居宜游，有着得天独厚的发展条件。然而，青岛人心系全国各族人民，深知一花独秀不是春。汶川地震后，青岛举全市之力捐助支援；东西部对口扶贫协作中，青岛市帮扶贵州省安顺市和甘肃省陇南市。不以事艰而不为，不以任重而畏缩，勇于担当，竭尽全力。青岛风貌是美丽中国的缩影，中华文明的展现。

青岛你好，愿你乘风腾飞，更加辉煌美丽！

2018 年 5 月 9 日

奇妙的石林

云南石林是个令人向往的地方，看了使人震撼，令人惊叹。

从昆明坐汽车一个小时就到了石林，老远就能看见耸立的石壁上刻着鲜红的“石林”二字，顾名思义就是“石头森林”，有人称其“云南一大怪，石头长到云天外”。石林就是一个石头的世界，满山遍野石峰嶙峋，像千军万马，如飞禽走兽，似人间万物，惟妙惟肖。大石林以高、大、险著称，看了让人震惊。小石林以奇、妙、秀著名，观后使人迷恋。天地鬼斧神工，造就一幅天然石头画卷，让人们叹为观止。郭沫若先生看后写打油诗称颂“远看大石头，近看石头大。石头果然大，果然石头大”。诗神为这些原本就有故事的石头更添灵性。

相传，远古时期这里是一片汪洋大海，大自然神奇地将它们从海底托起，成为这片庞大的石林。千万年来，它们目睹着大地四季轮回的沧桑，经历着岁月风雨的侵蚀，仍旧以其特有的方式，不屈地傲立于天地之间。离奇、惊险、美妙，不可思议。

石林的石头，真大真险。走进大石林，你会发现有一块大石头悬空而起，架在两块巨石之上，好像随时都有掉下来的危险，有人喊：“小心掉下！”让人惊魂一现，这块悬空石头，人称“千钧一发”。进入小石林的“刀山火海”，给人以踏进“沙场”之感，那大片大片的石头，上如刀尖，下如团火，烈焰刀影，甚为壮观。沿“天梯”攀缘，登上“望风亭”好像上了“南天门”，举目远眺，石峰起伏，像大海的巨浪涌向远方，似有腾云驾雾飘飘然的感觉。

石林的石头，真奇真妙。走着看着，绕过小桥，展现在眼前的又是一番奇异的石景，像一艘大帆船，破浪前行，故取名为“一帆风顺”。还有那腾空起飞的“凤凰展翅”，“破土而出”的石笋，更觉妙趣横生。在大、小石林的交界处，有一汪湖水，碧波粼粼，湖畔屹立着一座石峰，像一位亭亭玉立的少女，头戴花巾，肩背背篓，仰望蓝天，似乎在呼唤、期待什么。传说有位姑娘名叫阿诗玛，与本村小伙阿里哥相爱，地主儿子仗着权势抢走了阿诗玛，把她关在石屋里，不让她外出。阿里哥知道后，骑着马带上弓箭抢出了阿诗玛，但是地主儿子把水库闸门打开，凶猛的洪水冲走了阿诗玛。洪水过后，冒出了一块美丽的石头，酷似阿诗玛，成为传说中的阿诗玛化身石。

石林的石头，真灵真秀。那千姿百态的石头，似乎看什么像什么，囊括了世间万物。勇士、美女、老人、孩童，佛爷、道人、神仙、鬼怪，狮子、大象、老虎、雄鹰，骏马、公牛、小狗、绵羊；金盆、船舰、兵器、城堡；等等。样样栩栩如生。“佛祖打坐”“圣人观象”“青蛙望月”，更令人难以忘怀。前往西天取经的唐僧和他的徒儿悟空、八戒、沙僧，形象逼真，且具灵性。

石林就像一个大迷宫，进去了，不好出来，转晕了，有时还回到了原点。石林经历了亿万年风雨，见证了沧桑巨变，仍然傲立于世界的东方，生机勃勃，喜迎八方来客，成为大自然里的奇迹。

2018 年 6 月

东方明珠

东方明珠是上海的标志性建筑，位于浦东新区陆家嘴，塔高 468 米，高度亚洲第一，世界第三。它是上海的一张名片，也是中国崛起的一张名片。

上海是中国最繁华的现代化城市，且具有深厚的文化底蕴。到上海看看南京路的不夜城，逛逛繁花似锦的商业步行街；漫步中西文化交融的外滩，欣赏外滩夜景奇观；游览风景如画的浦东新区，注目如虹飞架南北的黄浦江大桥，处处让人情不自禁。若要俯瞰上海全景，登上东方明珠广播电视塔，应该是一个绝佳的去处。

东方明珠始建于 1991 年 7 月，1995 年 5 月建成投用，属国家首批 5A 级旅游景点之一。塔的外观，从下向上看，犹如一串银珠从天上落下，光芒耀眼。塔体从上到下由大小十多个球体串联而成，大的有下球体、上球体、太空舱。底座为三根直径九米的擎天立柱，支撑于广场。塔内设有观光层、陈列馆、科幻城、旋转餐厅、太空舱等。观光层可 360 度欣赏上海美景。举目远望，佘山、崇明岛隐约可见，外滩的万国建筑博览群，隔江相看，一目了然。旋转餐厅位于 267 米高的上球体，进入悬空观光廊，透过脚下的透明玻璃，浦江两岸景观尽收眼底。陈列馆展现了上海近百年的发展历史和现状，对于中华人民共和国成立前的上海租界史，也有详尽的介绍。太空舱 1996 年 5 月对外开放，在里面可以全方位饱览上海滩全貌。同时，通过未来风格的空间设计，向游人演绎太空概念，展示太空场景，宣示中国正在开展的太空探索项目。

东方明珠不仅是上海的标志性建筑，也是中国的标志性建筑之一。它标志着伟大祖国科技的进步与发展，标志着中华人民共和国像一颗璀璨的明珠镶嵌在世界的东方。登上明珠塔，瞭望上海，那种祖国伟大，祖国强盛，祖国在前进的自豪感油然而生，一个个创造了奇迹的中国故事在脑海中浮现。核弹、导弹试验成功，人造卫星顺利升天，神舟飞船升空揽月，大飞机正式试飞，航母组群下水服役，蛟龙号潜海探底，高速公路、高速铁路遍布中华大江南北，国民经济总量跃居世界第二，桩桩件件大事喜事实在令人兴奋。昔日那种国土任人宰割，民族惨遭欺凌，八国联军攻进北京，日本帝国主义大举侵华的悲剧，已永远成为过去，再不会重演。如今对于中国的崛起，有人鼓噪“中国威胁论”，发出种种卑劣挑衅，对此中国人不但不怕，反而感到骄傲和自豪。中华民族这头沉睡的雄狮已经醒了，并发出惊世的吼声，奋力向世界的巅峰攀登。

古都钟声

西安是十三朝古都，承载着中华民族悠久而厚重的文化，发生过诸多撼天动地的故事，从西周、秦、汉到隋、唐时代，历时一千一百多年，名胜古迹繁多，地宫密布，尤其是秦始皇“兵马俑”的发掘，震撼世界。各种古代标志性建筑令人惊叹，举目可望。古城墙、大雁塔、鼓楼、钟楼，反映了古都西安古老的优秀文化，蕴藏着中华民族超人的匠心和智慧。古都钟声更能给人无尽的联想和启迪。

钟楼，是西安古代标志性建筑之一，位于西安市中心，明城墙内东西南北四条大街的交汇处，分别与城墙东西南北四门相接，是一座毂绾东西、呼应南北的轴心建筑。钟楼始建于明太祖洪武十七年（1384年），初建在广济街口，与鼓楼相对，明神宗万历十年（1582年）移于今址。钟楼方型基座，砖木结构，楼身三层，四角攒顶，高36米，占地1377平方米。一层大厅，四面有门，周为平台，顶棚为方格彩绘藻井，二层四面有木格门窗，与外廊相通，微翘的屋檐上覆盖深绿色琉璃瓦，顶部为鎏金宝顶，雄伟壮观。整体呈典型明代重檐三滴水建筑艺术风格，雕梁画栋，图案优美，是一座具有浓郁民族特色的宏伟建筑。楼内设有楼梯，可盘旋而上。楼上悬一口青铜大钟，故称“钟楼”。原钟名曰“景云钟”，铸造于唐代景云二年（711 年），钟高 2 米，直径 1.5 米，重达万斤。唐睿宗李旦亲自撰写铭文，钟身鹤飞龙翔，铸工技巧娴熟，雕工精细，纹饰优美，钟鸣声扬数十里，清晰洪亮，犹如凤凰鸣叫，古为皇家道观景龙观（又称迎祥观）所用，誉为“天下第一钟”。钟楼与鼓楼遥遥相对，交相辉映，晨钟暮鼓，惊世长鸣。

古都钟楼，古代用于报时，辞旧迎新，祈福祝安，亦有传说中的镇妖除邪之意。抗日战争时还用于日军空袭报警。观看钟楼，一方面是看历史遗产，一方面也给人以深刻的联想。钟表本是中国北宋宰相苏颂所发明，是继造纸、火药、印刷、指南针之后的又一大发明，在西方国家已大量生产精准漂亮的钟表时，我们的祖先还以敲钟击鼓报时，足见我们当年工业制造之落后。贫穷了，落后了，就要挨打，遭受侵略，遭受欺凌，遭受掠夺。中国成了待宰的肥羊，小小的日本也能做出“蛇吞象”的侵略计划，扬言三个月拿下中国。抗日战争虽然胜利了，但付出了血的代价，千万人死于战争，经济损失更是无可估量，教训着实深刻。

古都钟声也在提醒我们，十三朝兴衰治乱，往复更替，正如黄炎培先生所说的“周期律”那样，“其兴也勃焉，其亡也忽焉”。“政怠宦成”的有之，“人亡政息”的有之。政权变更、改朝换代，大多以暴力来实现，起初聚精会神，没有一事不用心，没有一人不卖力，也许那时艰难困苦，只有从万死中觅取一生。权力到手，环境渐渐好转了，精神也渐渐放松了，慢慢沉迷于享受，怠政神衰。有的因为历时长久，初心消失，惰性发作，享乐成习，由少数演变为多数，养成风气，无法扭转。有的物欲贪心，腐化堕落，造成权力腐败，形成贫富悬殊，社会极端不公，导致体制崩溃。极端的贫富悬殊和极端的社会不公，是历史周期律的两只巨大推手，推动着社会寻求新的平衡。先古时期有“鹿亡秦，蛇兴汉”的典故，讲述秦汉兴衰治乱，循环不已的历史先例。唐代虽有唐太宗的“贞观之治”，唐玄宗的“开元盛世”，最后仍未逃脱“周期率”的周而复始。

毛泽东同志在延安同黄炎培先生的“窑洞对”中曾说：“我们已找到新路，就是民主。只有让人民来监督政府，政府才不敢松懈，只有人人起来负责，才不会人亡政息。”如今，我国仍处于社会主义初级阶段，我们必须牢牢坚持党的基本路线这个党和国家的生命线、人民的幸福线，以经济建设为中心，坚持四项基本原则，坚持改革开放，自力更生，艰苦创业，为把我国建设成为富强民主文明和谐美丽的社会主义现代化强国而奋斗。

古都钟声，警钟长鸣！

水韵悠悠

古人说："仁者乐山，智者乐水。"其实，山水各有千秋，从大自然的角度看，山水又有着天然的联系，山无水不秀，林无水不郁。水是大自然的元素之一，五行中金木水火土，相生相克，相互依存，生生不息。水是生命的依托，自然造就，万物之源；水是人类文明的传承，文学母题，博大精深；水尽显其变化无穷的灵性，无处不在，或柔或刚。

水韵悠悠，万古奔流。如果说地中海造就了古希腊文化和罗马文化，那么横穿祖国大地的黄河便是中华文明的摇篮，它见证了中国历史的兴衰荣辱，成为中华民族的"母亲河"。大海以其海纳百川的博大胸怀，接纳了黄河、长江，且永流不息。看那浑浊的河水，从天边奔涌向东注入大海，一路散发着坚强和野性的气味，汹涌撞击着山崖和堤坝，带着一身豪气和倔强，澎湃激昂地流向远方，激荡着力和美的交响，迸发出灵魂的坚韧。她象征着中华毫不畏惧的精神，带着中国人"长风破浪会有时，直挂云帆济沧海"的气魄，勇往直前。悠悠流水，长存天地之间，荡漾起声与色的韵律，飘逸出生命的华彩与灿烂，闪耀在人类文明的史册之中。

水韵悠悠，多姿多彩。涓涓细流不失细腻与温存，点染开情感的柔情，播下爱的雨露。人与水息息相关，寓情于水。古代文学从产生的那一天起，便与水结下了不解之缘。先秦《诗经》中的“关关雎鸠，在河之洲。窈窕淑女，君子好逑”和“蒹葭苍苍，白露为霜。所谓伊人，在水一方”被称为千古绝唱，水韵灿烂，闪耀着历史的艺术光彩。淙淙泉水，潺潺溪流，更是文人墨客笔下似锦如画的花絮。“红叶醉秋色，碧溪弹夜弦。”“明月松间照，清泉石上流。”如此脍炙人口的诗句，因水更让人心醉。你如果到著名的洞庭湖去旅游，也许会记起刘禹锡《洞庭湖》的名诗：“湖光秋月两相和，潭面无风镜未磨。遥望洞庭山水色，白银盘里一青螺。”夜晚，天上的辉煌和璀璨，全都落在了湖面上。“日月之行，若出其中，星汉灿烂，若出其里。”平静幽深的湖水，顿时变成了一块光华四射的彩锦。随着忽明忽暗的灯光，楼台倒影在湖水里，犹如进入仙境。

水韵悠悠，自强不息。携山之秀美，映天之广阔，没有任何事物可以阻挡水流的方向。老子说：“天下莫柔弱于水，而攻坚强者莫之能先。”一语道破水柔弱和坚韧的两面性。苏东坡的“乱石穿空，惊涛拍岸，卷起千堆雪”，充分展现了水的阳刚豪气。然而，水能以其天然的本能和善意造福于人，也易泛滥成灾，形成水患无情。大禹治水，变堵为疏；李冰都江堰分流，变灾为益，积累了人类科学治水的文化。水能载舟亦能覆舟，为人们发出了历史的提醒。

水韵灵美，千变万化。江、河、湖、海、洋，泉、溪、雨、雪、露，都是水的现身。水，以其有形，无处不在；以其无形，千变万化；以其刚毅，滴水穿石；以其温柔，贤良著称；以其纯洁，视水为净；以其浪漫，云游梦幻。智者乐水，人们对水神的崇拜有着久远的传承。有人说，水有五德：道、义、善、勇、洁。于是有观世音手托净瓶，普洒甘露的释义。“上善若水”，是人们从善的最高境界。人世间，曾经有诸多圣贤和有识之士，以水为喻，抒发情感、知悟、哲理以至喜怒哀乐。孔子感慨：“逝者如斯夫，不舍昼夜。”荀子在《劝学》中写道：“不积跬步，无以至千里；不积小流，无以成江海。”李煜则发出“问君能有几多愁，恰似一江春水向东流”的长叹。青山隐隐，绿水迢迢，无不弥漫着水的灵性。如像水那样，不去在意尘世的纷争，少了些繁华，少了些物欲，不以物喜，不以己悲，自由自在，心情宁静，何乐而不为。

人水和谐，休戚与共。爱水惜水，人之常情。喜水咏水，世之常理。古人有云：“求木之长者，必固其本；欲流之远者，必浚其源；思国之安者，必积其德义。”山清水秀，人之所求，点滴做起，永保长流。

大雁塔之光

来到十三朝古都西安，古迹像天上的星星，数不清看不完，诸如兵马俑、华清池、秦陵、乾陵、大雁塔、法门寺、钟鼓楼、明城墙、大明宫、书院门、碑林等，琳琅满目。大雁塔，是西安历史上标志性的古建筑之一。

看过《西游记》小说和电影的人，或者佛教信徒到了西安，都想看看大雁塔。据历史记载，唐永徽三年（652 年），唐玄奘为保存由天竺经丝绸之路带回的经卷、佛像、舍利子，主持修建了大雁塔，又名慈恩寺塔。起初五层，后加至九层，再后层数和高度又有数次变更，最后固定为现在的七层，故有“七级浮屠”之说。

传说当年玄奘西天取经途中曾困于沙漠，后来得到大雁的引领，找到了水源，才得以生还。玄奘取经归来，建造这座佛塔是为报答菩萨化身指点迷津的大雁之恩。进入佛塔，沿塔梯而上，一层洞壁两侧镶嵌着多通名碑和佛塔照片简介，尽显佛塔风光；二层供奉着铜制鎏金的佛祖释迦牟尼圣像，为镇塔之宝；三层存放大雁塔模型，一目了然；四层有一个巨大的金塔，存放着珍贵的佛舍利；五层陈列着释迦牟尼如来足迹碑和玄奘诗词。上层有观景台，西安风景尽收眼底。塔顶刻有圣洁的莲花，带给人们心如明镜的彻悟之感。

大雁塔脚下是亚洲最大的音乐广场。当高雅、优美的音乐响起时，蓝碧的水面就会冒出高大的喷泉，美丽的喷泉随着音乐节奏高低起伏地变化，有节奏地欢快舞动。每当夜色降临，广场四周华灯彩照，喷泉水池碧波荡漾，繁星点点，把大雁塔装扮得十分漂亮。

佛塔建筑随佛教传入中原，融入华夏文化，大雁塔无疑是一个典型的物证，是长安、天山廊道丝绸之路网中的一处遗址。2014 年 6 月经中国、哈萨克斯坦、吉尔吉斯斯坦三国联合申遗，被联合国教科文组织列入《世界遗产名录》。

唐玄奘历经数年，漫游西域，“迎来日出，送走晚霞，踏平坎坷成大道，斗罢艰险又出发”，受尽千辛万苦，排除千难万险，终于在释迦牟尼诞生的地方取得了真经。释迦牟尼是 2500 年前印度的一位伟大的思想家，佛教创始人。他曾在《佛伦》中说：“佛如自然，自然如佛。人在佛中，自然成佛。”认为“佛是觉者，自觉觉他，觉行圆满之人”。佛法是智慧，人若能心若止水，自觉破除“贪、嗔、痴”三毒，自然而然，立地成佛。

佛教充满着人生辩证法，是个丰富的哲学宝库。唐玄奘取经归来，深受朝廷的重视，力主翻译梵文经典，为佛学文化贡献了毕生的精力，使佛学优秀文化之光发扬光大。度己度人、与人为善的智慧，成为和谐的象征，良心的追求。

三峡文絮

从重庆朝天门码头登游轮，沿长江下行八千米，北岸就是三峡的起点白帝城。城虽不大，但历史悠久，故事多多。白帝城原名子阳城，西汉末年公孙述割据蜀地，发现城内一口水井冒白烟，好似“白龙出井”，便自称“白帝”，自此有了“白帝城”。三国时期，诸葛亮曾在城外设“九宫八卦阵”，阻击吴兵追杀刘备，让刘备在白帝城避难。刘备因兵败夷陵，关羽、张飞二弟先后丧命，忧愤成疾，朝夕不保，而托孤孔明，后于白帝城永安宫归天。城内有明良殿、武侯祠、观星亭等古建筑，以及刘备、诸葛亮、关羽、张飞塑像。历代大诗人李白、杜甫、白居易、苏轼等都曾登白帝城，并留下著名诗篇。“朝发白帝彩云间，千里江陵一日还。两岸猿声啼不住，轻舟已过万重山”就是李白在三峡的咏唱。李白当年乘小木船，告别白帝城，进入长约200千米的三峡，那瞿塘峡、巫峡、西陵峡紧密相连，重峦叠嶂，山连着山，峰连着峰，连绵不断。“清荣峻茂，林寒涧雨。”仰望“隐天蔽日”，“一线天”犹如银河流空。两岸草青木翠，猴猿啼叫，给人以生机，也有凄凉。江流湍急，白浪击岸，后浪推前浪，“逝者如斯夫”。不由让人联想“滚滚长江东逝水，浪花淘尽英雄，是非成败转头空，青山依旧在，几度夕阳红”的《三国演义》主题歌词。李白诗句只有二十八个字，却把三峡描写得淋漓尽致。

不经意之间，巫山神女峰到了。有人说，不看神女峰，等于没来三峡。站立船头，那神女峰恰似一位美貌的少女，在连峰间，侧身而站，亭亭玉立，正向人们示意。人们为她塑造了最美的相貌和灵魂，相传她是西王母的第二十三个女儿，名叫瑶姬，同十二个姐妹相约下凡，腾云驾雾，来到巫峡。看到十二条恶龙兴风作浪，正在治水的大禹也被洪水围困其间，瑶姬及其姐妹敬佩大禹，决定助其治水，送给大禹一本《上清宝经》治水天书，帮大禹疏通峡道，斩杀了恶龙，解除了水患。从此，瑶姬爱上了三峡，常常来往于巫山群峰之间，为船民除水妖，为樵夫驱虎豹，为农夫布云雨。久而久之，十二姐妹化成了十二座奇秀绝美的峰峦，耸立于巫峡西岸，称为“巫山十二峰”，最高的一个就是“神女峰”，又叫“望霞峰”。“旦为朝云，暮为行雨”，“魂为依草，实为灵芝”，为民除病，助人长寿，深受人们敬仰。

游船在峡谷中前行，广播不停地介绍着峡中美景和神奇的传说，如鬼城、张飞庙、悬棺等。行进中突然听到，王昭君故乡到了，我邀妻子出舱看看，她说看景不如听景，听听怎么说。王昭君乳名皓月，西汉南郡秭归（今湖北宜昌市兴山县）人。自幼天生丽质，聪慧异常，擅弹琵琶，琴棋书画，无所不精。昭君美貌过人，“蛾眉绝世不可寻，能使花羞在上林”，与貂蝉、西施、杨玉环并称为中国古代四大美女，西汉元帝时选美进宫。这位绝代佳丽，放着宫女不做，为汉匈和亲，甘愿嫁给草原匈奴的呼韩邪单于，终逝他乡。昭君出塞的故事千古流传，她为历史疏通了一条三峡般的险峻通道。

看着、听着，屈原的家乡到了。屈原是一位比李白还早一千年的楚国诗人，政治家，生于楚国丹阳，今湖北省宜昌市人，生活在战国后期，楚怀王时官任司徒。屈原博文广识，娴于辞令，明于治乱，主张“修明法度，举贤授能”的美政方略，创立《楚辞》，以《离骚》《天问》《九歌》《九章》《国殇》等杰作闻名天下。也许是三峡的重岩奇峰给了屈原一副傲骨，竟敢问天索地，纵横中原，志向远大。本想为国效力，但终因贵族们的争权夺利，尔虞我诈，腐化成风，恶意毁谤，报国无门，无奈之下，投江自尽。屈原人品高洁，赤诚爱国，其一生为真理而求索、忧国忧民的精神，深受世人崇拜，每年“端午”节包粽子撒于江水，成了纪念屈原的传统方式，千年不歇。

游船缓缓驶入三峡大坝，举目瞭望，真让人惊叹。这是举世无双的大坝，中国人民的伟大领袖毛泽东同志曾作词赞扬：“更立西江石壁，截断巫山云雨，高峡出平湖。神女应无恙，当惊世界殊。”三峡工程功能尽显，防洪、航运、发电样样称雄。大坝长 2335 米，底宽 115 米，高程 185 米，蓄水位 175 米，可抵御万年一遇的特大洪水。航运畅通无阻，有效地促进了长江经济带的飞速发展。三峡水利枢纽更是世界上最大的发电站，共安装 32 台单机容量为 70 万千瓦的水电机组，总装机容量 2240 万千瓦，是全国唯一的清洁能源生产基地。三峡水库的建成，共搬迁 129 座城镇，113 万移民，1000 多处古迹文物迁进了新居，人们称赞只有社会主义的中国才能建成这样的特大工程。

三峡工程为长江文化，为人类文明建设，增添了重彩，可圈可点，可喜可贺。展望未来，“长风破浪会有时，直挂云帆济沧海”。中国人民有共产党的领航，一定会在历史长河中，向着新的航向继续扬帆进发，不断前进，创造更壮丽的辉煌。

第二篇 02

情怀感悟

回忆胡耀邦同志视察康县

1985年10月4日，对于康县人民来说，是一个特殊的日子，是康县人民永远不会忘记的一天。这一天，天气晴朗，风和日丽，虽然是金秋季节，仍然温暖如春。秀丽的康县城比过年还热闹，比办喜事还喜庆。

这一天，中共中央总书记胡耀邦同志沿着当年红军长征路到达康县。干部群众闻讯惊喜万分，一大早，欢迎人群就从机关、单位、学校、农村赶来，把县委、县政府所在中心街道两边的人行道挤得水泄不通。机关职工、学生自觉排成整齐的队伍，人群站列井然有序，期待着总书记的到来，期待着亲眼看到人民领袖的风采。

当时我任县委办公室主任，负责做接待工作。耀邦同志来的前几天，地委秘书处曾电话通知，胡总书记一行沿红军长征路视察途经陇南，招呼有关各县做好准备。县委书记刘守业同志亲自召集有关部门负责人开会，安排接待工作，要求县委办公室牵头会同有关单位做好汇报材料、食宿接待、安全保卫等方面的事宜，并且强调严格保密。

10月3日，耀邦同志一行到了武都，地委秘书处通知，胡总书记10月4日到成县，请康县几大班子领导到平洛镇迎接，接受胡总书记的接见。当天晚上十点多，地委秘书处又突然来电话说，胡总书记明天要来康县。我们怀着无比激动的心情，连夜做准备工作。据说耀邦同志临睡前看了陇南地图，问身边的同志明天的路线怎么走，工作人员说："明天去成县。中途在康县平洛镇做短暂停留，请你接见一下康县的同志。"胡总书记又问到康县境内，离县城还有多远。工作人员回答："有30多公里。"胡总书记说："那就去康县看看吧。"这才决定了胡总书记视察康县的行程。

10月4日11时20分，胡总书记乘坐一辆小轿车来到康县县城，身着咖啡色中山装，神采奕奕，满面笑容，向欢迎群众频频招手致意。此时此刻，县城里欢呼声、鼓掌声响成一片，场面十分感人。胡总书记在县招待所院内下车，与县上领导同志一一握手后，在县委书记刘守业的陪同下，健步登上招待所中楼会议室，不顾路途奔波的疲劳，立即与县委、县政府主要负责同志亲切交谈，询问县情。

县委书记刘守业、县长文丕谟同志向总书记汇报了康县情况。交谈中胡总书记详细询问了农村土地承包经营情况，农民生活怎么样，县上的工作还有哪些问题和打算。在听取县上工作汇报的过程中，胡总书记强调指出，县委书记的一个重要责任就是领导全县人民致富。当听到林业建设和体制改革方面的汇报时，胡总书记产生了浓厚的兴趣，插话问道："一进入康县就看到山上树木比较多，为什么农民修新房的少?"刘守业同志回答："我们怕出现乱砍滥伐，管得比较严。"胡总书记又问："林地搞承包了没有?"刘守业同志回答："正在搞，康县林地比较多，除了集体林地，还有一百多万亩国有林。设有一个林业总场，四个林场，林界比较复杂。"听了后胡总书记指出："林业资源是康县的一大优势，要认真研究，积极探索，做好林业体制改革，创造营林致富的新经验。”胡总书记还对在座的省委副书记刘冰、地委书记张志强说：“省委、地委要加强指导，支持康县的林业体制改革试点工作。试点情况半月给我送一个简报，一月送一份报告。”胡总书记同县上的同志谈得非常高兴，并应县上领导请求，挥笔写下了“创造营林致富的新经验”的题词，还为县城新建的公园题写了“白云山公园”园名。

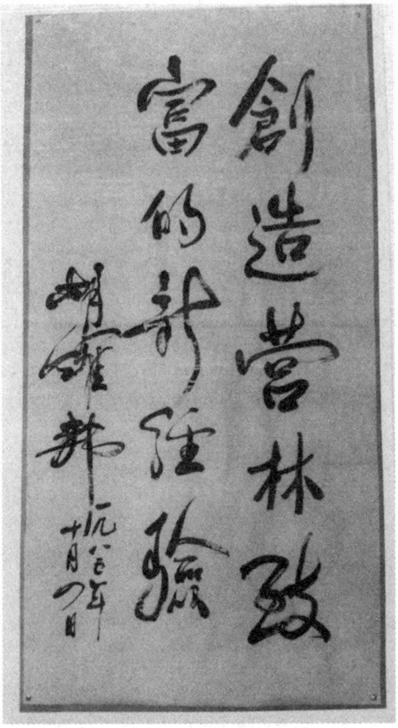

胡总书记同县上领导交谈时，我是做记录的，同时兼顾室内照相，当时警卫人员不准带录音机进去，我心里很紧张，害怕记不全、记不准胡总书记的讲话。县上参加的人员又很少，只有县委书记、县长两位领导参加，汇报工作没有按材料念，只是听总书记问什么，他们回答什么，做记录就更难了。胡总书记虽年逾古稀，但是精神饱满，思维敏捷，谈笑风生，仍然保持着快节奏、高效率的工作作风，令人十分感动。

陪同胡总书记一起来康县的有甘肃省委副书记刘冰和秘书陆浩同志，陇南地委书记张志强、地委秘书长何光第同志，以及总书记的随行人员和新闻记者。耀邦同志同随行人员乘坐一辆小轿车，省委、地委的陪同人员各坐一辆小车，轻车简从。

作为中共中央总书记的耀邦同志，仍然保持着以前那种艰苦奋斗的简朴作风。随行人员告诉我们，胡总书记一路要求吃工作餐，膳食要清淡。耀邦同志喜欢吃粗杂粮，中午用餐时他特意挑选了荞面煎饼卷洋芋丝，吃得很高兴。当看到桌子上有清炖蛇肉时，他风趣地说："西北人吃蛇肉是一大进步，但不要忘了蛇是老鼠的天敌，不能破坏了生态平衡。"午饭后，胡总书记应邀同县委、人大、政府、政协、人武部的领导同志、工作人员合影留念。12 时 40 分胡总书记一行离开康县去成县视察。

胡总书记走后，县委立即开会传达学习、贯彻落实总书记的重要指示，研究如何带领全县人民勤劳致富，部署林业体制改革试点工作。耀邦同志走了，但人民领袖爱人民的精神风范和平易近人的音容笑貌却永存在康县人民心中。关心康县建设、关心康县人民的伟大情怀在康县人民中世代传颂。"创造营林致富的新经验"的重要指示，永远激励着人们积极保护和开发林业资源，充分发挥林业特色产业的优势，建设美好的社会主义小康家园。

胡总书记走后，县委立即组建了康县国有林体制改革领导小组。县委书记刘守业任组长，下设办公室，我兼任办公室主任，并抽调一批领导和得力工作人员，组成五个工作组，深入康南林业总场，阳坝、清河、豆坝、长坝四个林场，调查研究，开展工作，自此拉开了康县国有林体制改革的序幕。

改革，明确了基层林场的责权利，维护了林业职工的利益，稳定了职工队伍。制定了林场工作发展规划，原总场机关实行精兵简政，改为林业技术指导站，专门负责林业技术工作指导。改革中，把靠近村庄、农户的国有林划归集体所有，承包给农民分户经营，把管林、育林、造林、用林紧密结合起来，实现持续发展，永续利用。

还真管用，经过几年的努力，农民既管好了自己的承包林，还种了很多树，使青山更青，绿水长流，长期利用。点木耳、种香菇、开茶园、埋天麻，增加了不少收入，有些农户一年收入几万元，甚至几十万元。他们打心眼里感谢胡总书记，感谢党的好政策。

“创造营林致富的新经验”是一篇大文章，也是一篇永久性的好文章。县里为了优化林业产业开发，国有林区实行天然林保护，农村实行集约化经营。近年来形成的“南茶北桑，全县核桃，区域花椒”发展格局，更是这篇文章的继续。进一步做好这篇大文章，是山里人走向富裕的希望。

2005 年 10 月 4 日

反弹琵琶的启示

敦煌壁画中，有一幅“反弹琵琶伎乐天”图。

1983 年时任中共中央总书记的胡耀邦视察甘肃，参观了敦煌壁画，看到了这幅画后有感而发，要求甘肃人民“反弹琵琶”，大念草木经。他说人家发展农业要多种粮食，你们这里干旱，发展农业，要种草种树，这也叫“反弹琵琶”，并挥笔写下了“种草种树，治穷致富”的题词。这是一种创新的逆向思维方式，对甘肃的农业发展具有重大的指导意义。甘肃人民听了胡总书记的话，积极引进适宜草种树种，进行科学试验，并下大力气推广，坚持不懈地开展种草种树活动，结果在几年里大见成效。

生态环境改善了，粮食种植面积虽然减少了，但是收的粮食多起来了，人民生活改善了。过去认为“不毛之地”的定西，被左宗棠称为“苦瘠甲天下”的地方，现在变成了洋芋生产基地，产品销往全国各地，还成了优质的出口品牌，满足了人们的餐桌需要。胡耀邦同志在甘肃的绿色丰碑，也将永竖大地，永远在人民的心里。

兰州是我们的省会，前些年也常到省城开会、办事，但每当走过定西，爬上典型的黄土高坡的时候，总看到山是光秃秃的，很少有树，很少看到绿色，田里的庄稼也是枯黄干瘦的。因为泥土流失而形成的沟沟壑壑总是干裂的，看在眼里实在不舒服，难怪有人说："黄河是黄土高原的儿子，水都是黄的。"到了冬季，山坡上仅有的一点点草根，也都被人们挖去生火做饭、烧炕，路上总是碰到三三两两背着背篼到外地乞讨的人，想起来真让人难受。在那个人们盼温饱求生存的年代，每走一步都是很难的。不过这里黄土还是蛮厚的，山里山外想找个石头都是一件困难的事情，就是因为干旱，生态失衡，长不好庄稼。相比之下，我的家乡康县山区却是另一番景象。虽然山大沟深，土地瘠薄，是个七分石头三分土的地方，但植被好，林草茂密，气候湿润，崖缝里也能长出树来。那山坡石崖上看起来只有一指厚的土，却被草木覆盖，这是祖宗留给后人的一块宝地。所谓宝地就是植被好，一定要把它保护好。如果这里的生态被破坏了，遇上天灾还不如定西，遇到干旱会晒得起火，遇到涝灾会将泥土冲光，给人们的生存带来极大困难。1988 年我有机会担任康南林业总场场长，我在思考这个林场该怎么办，路子怎么走，日子怎么过。有人说："你愁什么？多砍树就成了，还能端着金碗讨饭。"我想不能这么做，生态环境没有替代品，用之不觉，失之难存。我到林区看了看，大部分林都在石山上，有的长了几百年才有碗口那么大，仅仅起个植被作用，能采伐的树并不多。因此我们定了个规矩，山巅岭头不能采伐，石山石坡不容易栽树的地方不能采伐，容易引起水土流失的地方不能采伐。每年采伐的地方必须保证更新，而且栽树的面积要大于采伐面积，确保生态平衡，确保可持续发展，确保永续利用。十年树木，百年树人。我们制定了林场发展十年规划，以保证林业工作健康发展。康南林业总场的工作受到省、地林业部门的表彰，我本人也受到国家人事部和林业部的表彰奖励。

造林护林工作是一项科技性很强的工作，三分栽七分管。为促进林业现代化管理，我们曾在有文化基础的青年职工和待业青年中，选送了一批有培养前途的年轻人到大中专林业院校学习，接受专业培训，学习管理技能。后来这些人都成了林业工作的骨干，提升了林业工作的科技含量。经过多年的努力，植树造林的成果已经显现，已大面积成材成林，看了令人兴奋。前几年，康南林场又被纳入国家天然林保护工程，停止了砍伐，这更是英明决策，更有利于生态保护。

1992 年后我又调回县里工作，不论是在礼县还是在康县，不论是做什么工作，保护生态都是我的首选。深觉生态环境直接关系民生，绿水青山就是金山银山，山青水清天蓝气新就是人民最大的幸福。

2006 年 10 月 4 日

开拓者的探索

我的相册中保存着一张珍贵的照片，那是1965年春在张掖参加全省社会主义教育运动试点时，同梁家墩人民公社六闸大队丁家庄生产队贫协组长丁吉平的合影。一张不大起眼的黑白照片，引起了一桩桩一件件令人深思的回忆。

1963年秋，我刚高中毕业，县里以农村积极分子的名义抽调我参加了举国轰动的城乡社会主义教育运动，简称“社教运动”。当时，农村叫“四清”，即清工分、清账目、清仓库、清财物；城市称“五反”，即反对贪污盗窃、反对投机倒把、反对铺张浪费、反对分散主义、反对官僚主义。后来城乡统称为“四清”运动，即清思想、清政治、清组织、清经济。1963年至1966年，我先后在康县豆坪公社成家山大队、岸门口公社许家河大队、张掖县梁家墩公社六闸大队、武都县鱼龙公社杨庄大队、外纳公社宗家坝大队和外纳公社机关参加“四清”运动，接受了农村工作的历练，对当时的农业、农村、农民工作，有了些初步的了解和认识。

那时，新中国诞生不久，执政和建设尚处在巩固、探索、发展时期，共产党领导中国人民走着前人没有走过的路，干着前人没有干过的事，无成功经验可循。一个时期搞“公社化”“大跃进”，全民大炼钢铁，对农业生产，特别是粮食生产造成了很大冲击，给人民生活带来了极大困难。城乡干部中贪污盗窃、多吃多占、分散主义、官僚主义问题不断滋生，在人民群众中造成严重影响。中国社会主义道路如何走，部分人感到迷茫。加之国际形势复杂，中苏关系破裂，中印边境冲突，美帝国主义企图对中国进行“和平演变”，蒋介石妄想乘机反攻大陆等等，国内外形势的变化令人担忧。于是，1962 年八九月间，毛泽东主席在北戴河会议和八届十中全会上重新讲阶级斗争，防止出修正主义。他明确讲道：“要花几年工夫，对干部进行教育，把干部轮训搞好。不然，搞一辈子革命，却搞了资本主义，搞了修正主义。”提出要警惕，“防止中国走向反面”。不久之后，一场以“反修防修”、防止“和平演变”为主旨的社会主义教育运动（又称“四清”运动）在中国大地展开了。运动的目的是整顿干部作风，解决干群之间的矛盾，反修防修防演变，整治腐败，巩固社会主义制度。想把内部安顿好，在同强大的对手较量中让自己变得更强大，以便一心一意搞建设，向社会主义现代化迈进。

毛主席、党中央对“四清”运动很重视，根据运动发展的情况，先后制定了《关于目前农村工作中若干问题的决定》（即前十条）、《关于农村社会主义教育运动中一些具体政策的规定》（后十条）、《农村社会主义教育运动中目前提出的一些问题》（即二十三条），对开展农村“四清”运动的任务、政策和方法及时做了明确规定。方式上采取省、地、县试点和面上教育相结合的方法运动式开展。试点工作是抽调大批干部组成团、队、组，集中力量进行，面上教育由各地组织普遍开展。当时在国家法制还不健全的情况下，运动式开展工作，从历史的角度看，还不失为一种创造。历史上开展各种形式的群众运动，比如土地革命运动、战争救援运动、大生产运动等，对推动民主革命、抗日战争和解放战争的胜利，乃至新中国的诞生曾起到了不可磨灭的作用。不过，在和平年代以运动的方式开展工作，也存在不少弊端，比如搞逼、供、信，打骂干部，斗争扩大化，造成冤假错案，给党的政策和工作造成了不良影响。截至 1965 年年底，全国有三分之一的县、社进行了“社教”运动。由于当时强调运动的性质先解决“社会主义和资本主义的矛盾”，提出运动的重点是整“党内那些走资本主义道路的当权派”，也使一些实事求是、踏实工作、力求解决民生所需的干部蒙受了冤屈。

历史地分析和看待“四清”运动，毕竟新中国成立时间不长，况且当时国内外的形势，以及革命几十年形成的斗争哲学思维，做如此艰辛的探索，也是应有之意和历史担当。作为探索，就会有成功，也会有失败，会探出经验，也会探出教训。毛泽东同志和他的战友们对社会主义革命和建设的探索是全方位的，有经济的、政治的，也有国防的、外交的，更有科技的、教育的等等，毛主席《论十大关系》的论述，就充分说明了这一点。社会主义道路问题，从理论和实践上虽然还在进行着不断的探索，但在概念上人们已经坚定了信念，“只有社会主义才能救中国”已成为人们的共识。“四清”震慑了干部队伍中的腐败分子，打击了一批黑恶势力，严惩了一批犯罪分子，对稳定社会起到了积极作用，同时教育培养了干部队伍，加强了基层组织建设，稳定了干群关系，强化了党的基础工作，收到了好的效果。

有感于变与不变

退休了，闲暇无事，翻阅旧作，偶然发现我在20世纪80年代写的一篇新闻稿，刊登在《甘肃日报》1986年6月19日的头版头条，标题是《几任将军一道令，咬定青山不放松》，副标题是“康县经济林建设初具规模”。写的是康县县委、县政府几任领导同志坚持不懈抓植树造林，建设以经济林为主的多种经营商品基地，取得了显著成效。该报评论员还以“正确对待变与不变”为题加了编者按。指出“康县在发展经济林建设中，几任将军一道令，咬定青山不放松，不但值得各县学习，也值得乡村干部学习”。批评有些地方“领导一换，规划就变”，今年朝东，明年朝西，浅尝辄止，半途而废，经济工作很难搞出成效。强调路要一步一步去走，规划要一年一年去实现。区域优势看准了，目标确定了，就持之以恒地干，绝不能因为短时间见不到效益就放弃。这个观点深刻体现了实事求是路线，至今仍然是适用的。

康县这块地方，树木丛生，百草丰茂，风景秀丽，气候宜人，在外人眼里是个旅游、避暑、养生的好去处。有人形容康县是陇原上的一枝花。有人感叹，康县是甘肃的“西双版纳”。甘肃省政协原主席、著名诗人杨植林曾赋诗赞美康南：“奇花异木点小丘，隔叶黄鹂叫小猴，百里林荫添锦绣，流连愿在画中游。”

在自家人眼里，这里自有不足之处，山大沟深，交通不便，土地瘠薄，发展滞后，经济拮据。这个地方的优势是什么，应从哪里着手开发才能带领群众富起来，是这里工作的“父母官”们共同思考的问题。英雄所见略同，特色立县，以林为主，是这个地方开发的主题，是一个首选的思路。几十年来，在康县工作的同志，一任接着一任，一茬接着一茬，做着接力赛，并不断总结经验，传承创新。虽说在各个时段提法不同，开发重点不同，工作方法不同，但蓝图相似，目标一致，都是在“林”字上做文章。

从搞基地建设，打造核桃、板栗、木耳、花椒、生漆、油桐、蚕桑、猕猴桃、茶叶、杜仲等林产品基地，到后来实行产业化发展，搞“南茶北桑，全县核桃，区域花椒”的集约化经营，都没有离开“林”字这个发展主题，没有放弃“咬定青山不放松”的这股劲头。特别是胡耀邦总书记视察康县所提出的“创造营林致富的新经验”，更为康县的发展指明了方向，加了油，鼓了劲，大大推动了康县林产品的产业开发。如今，一个个基地建成了，一个个产业发展了，有了丰厚的经济效益。经济数据我说不明白，但老百姓的温饱解决了，兜里有钱了，家里的摆设阔气了。加之党的好政策，免了农民的农业税、农林特产税，实行退耕还林，增加了对农村的投入。特别值得一提的是，“5·12”汶川地震后，政府援助重建，家家户户都盖起了新房，乡村搞新农村建设，修路架桥，通水通电，硬化村庄道路，亮化农户房屋，修建文化广场，美化村容村貌，几百个整洁美丽的新农村在大山沟里现身。城关镇凤凰谷村，王坝镇的大水沟、青林沟、何家庄，长坝镇花桥村等还入选为全国全省最美村庄，阳坝镇的梅园沟成了国家4A级旅游景区，真让人感到欣慰。现在说康县发生了翻天覆地的变化，一点也不假，一点也不过分。

康县美，康县真美，四季如画。春暖花开的季节，这里的山山岭岭，沟沟岔岔，村村寨寨，百花齐放，犹如进入花的海洋。如能走进茶园，亲手采一筐春茶，那便是神仙般的享受。夏日绿树成荫，百草丰盛，若要驱车山间旅游，登高远望，那一串串各色车辆，好似一艘艘游船在绿色海洋中荡漾，使人心旷神怡。金秋时节，收获的日子，满山遍野核桃压弯了枝头，板栗开口，风动欲跌。一串串猕猴桃好似骏马脖子上的铃铛随风摇摆，一树树成熟的柿子红红火火。冬季的银装素裹更引人入胜，雪压翠竹，青白相间，山间小溪，玉壶如注。梅花报春，又迎来春天的气息。

我还想，康县这个地方风景不错，气候温和，空气清新，人称天然氧吧，是个养生的好去处，若能修些养老居室，配上休闲娱乐、医疗养生的“套餐”，引来退休老人疗养，欢度晚年，这样既有利于老人养生，享受生活，又增加了山区人的收入，岂不两全其美。

2017 年 9 月 9 日

人民的理想

梦想产生神话，神话反映民意。几千年来，人民大众期望过上幸福、美满、自由、平等的生活，有着诸多美好的梦想，创造了许多美妙的神话，塑造了许多理想中的人物，创作了许多理想中的故事。例如，大慈大悲、救苦救难、普度众生、千手千眼的观音菩萨，敬老孝老、百善孝为先、感动天地的《二十四孝》，还有反映民间执着爱情故事的《牛郎织女》《白蛇传》《孟姜女》《梁山伯与祝英台》等。这些梦想和神话虽然与现实相距甚远，但深刻反映了民众的希望、意愿和追求。

1840 年以来，由于封建清朝政府的腐败无能，列强大举入侵，不平等条约一个接一个，割地赔款接踵而来。战乱不断，民不聊生，百姓衣不遮体，食不果腹，人民大众头上压着帝国主义、封建主义、官僚资本主义“三座大山”，生活在水深火热之中。许多有识之士为救国救民上下求索，寻求救国方略。1905 年孙中山到日本，联合留学日本的杰出知识分子黄兴、宋教仁等在日本东京创建了中国同盟会，以“驱除鞑虏，恢复中华，建立民国，平均地权”为同盟会的革命纲领，并成功发动和领导了辛亥革命，开创了完全意义的近代民族民主革命，结束了中国两千多年的君主专制，建立了共和政体。辛亥革命虽然没有能够救中国，但为国人进行新的探索积累了宝贵的经验和教训。

1921 年成立的中国共产党，经过艰苦的探索和思考，找到了中国人民解放的道路。共产党把马克思主义同中国实际相结合，确定最高理想和最终目标是实现共产主义。共产党代表最广大人民的根本利益，向民众郑重承诺，要带领人民建立一个没有剥削、没有压迫、自由平等、人民当家作主的新中国。中国工人阶级、农民大众虽然文化不高，但对这些现实的道理还是非常认同、非常拥护、非常支持的。多少人为之抛头颅、洒热血，献出了宝贵生命，战士变成烈士。随着实践活动的不断完善，党内毛泽东思想的逐渐形成，共产党胜利完成了抗日战争和国内革命战争的任务，创建了中华人民共和国。从此，中国人民站起来了，梦想变成了现实。

中华人民共和国成立后，中国步入社会主义初级阶段，在曲折中前行。近些年，改革开放迎来了大发展的曙光，引领民众走上了富起来的道路，逐步向小康迈进，一部分人达到了先富的目标。实践证明，梦想一旦付诸行动，就会变得神圣。然而，就在经济崛起的年代，有人一度理想信念淡薄，经受不了利益诱惑和不法之徒的围猎。有些人压根就和共产主义理想不靠边，只是投机钻营罢了，完全属于“不说假话办不成大事”那一种。一些人陷入拜金主义、享乐主义和极端个人主义的泥潭不能自拔。党的十八大以来，中央坚持从严治党，重拳反腐，“打虎拍蝇”，先后有多名副国级、数十名军级将领、上百名省部级、近千名厅局级高官被查落马，数万名党员干部受到查处。这些人是表里不一的“两面人”，台上台下的“不同人”，台上是“君子”，台下是“小人”，台上反腐，台下犯罪。他们把理想变成了后悔，背离了人民的意愿，最终被历史唾弃。

日有所思，夜有所梦，梦想是人们的期待和愿望。理想和梦想虽然有区别，但是意思大致相同。每个人都有自己的梦想，虽然目标千差万别，但是创造好日子的意愿是一致的。因此，中华民族伟大复兴梦，一定会成为现实。习近平同志运用中国智慧，提出打造“人类命运共同体”的思想，已向全世界发出了明确信号，获得世界人民的赞赏，克雷洛夫说得好：“现实是此岸，理想是彼岸，中间隔着湍急的河流，行动则是架在河上的桥梁。”只要努力奋斗，就一定会到达彼岸。

2017 年 10 月 10 日

一幅题字引起的记忆

2004年9月，康县原县委书记任跃章同志提升为陇南市委常委、秘书长，临走前送给我一幅题字，上面写着“南茶北桑”四个大字，并注明此句为志奇同志调研提出。我和任跃章同志是同事，也是朋友，他接任县委书记时，我是县委常委、县人大常委会主任，我们情投意合。当时我也写了一首小诗送给他，诗为：“送君千里意未尽，任重道远慎思行，跃马扬鞭风尘路，章华布施润苍生。”作为我的回应和期望。

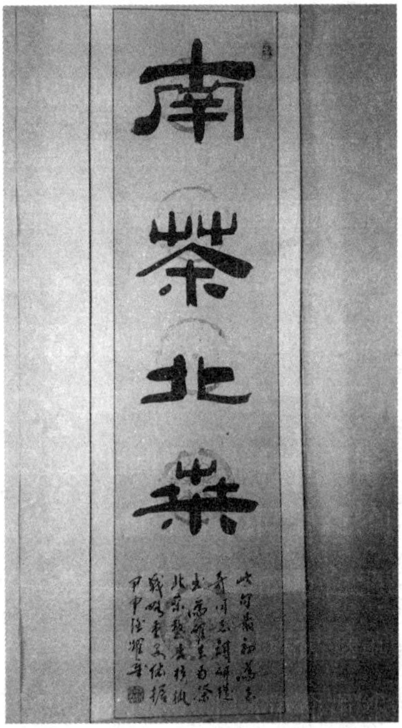

提起“南茶北桑”还确有一段故事。2001年任耀章同志刚到康县，工作情况还不太熟悉。当时正是农村改革的关键时刻，如何立足当地实际，找准开发切入点，发展特色农业，形成区域化规模化，是实现农业产业结构调整、有效增加农民收入、加快小康建设步伐的重要问题，也是人大推动经济建设的主要内容。于是，我带领农业部门的负责同志和人大办公室的工作人员，深入全县28个乡镇调查研究，走村串户，投足问道，到田间地头亲自查看，想理出个门道来。

我们首先到康南八乡镇调研。康南阳坝地区与川北、陕南接壤，地处北亚热带边缘，气候温和，雨量充沛，冬无严寒，夏无酷暑，且林草植被好，无污染，土壤属山地黄棕壤类，多为黑沙土，呈酸性。20世纪50年代末，国家农业部专家来康县论证，认为康县牛头山以南海拔1200米以下的河谷地带，是我国典型的北方高海拔茶叶培植区，具有茶叶生长得天独厚的自然条件。调查中发现，康南自古就有野生茶树，太平乡有一棵百年老茶树，人称老鹰茶。传说很早以前一只老鹰在南方衔着茶的种子，飞到北方，种子掉到此地，长出了这株老鹰茶树。这株茶树已有百年树龄，树高五米，直径30厘米，生长旺盛。这进一步证明本地适应茶叶生产，专家建议当地试种推广。

1962年，从湖南调进茶籽，在阳坝镇上坝、街道试种，获得成功，至今已有50多年的栽培历史。近些年，阳坝地区八乡镇有68村270社4900户种植茶叶，面积达到8500亩，并在茶叶加工密集的阳坝镇培育了第一批茶叶生产专业村、专业户。茶叶产量22万斤，产值达44万多元。有中小型茶叶加工企业11家，年加工能力30万斤，茶叶加工品种16个，其中阳坝银毫、龙神翠竹、阳坝秀眉、阳坝珍眉、龙神翠峰、龙神毛尖等获得甘肃省名优茶叶称号。龙神系列八个品种被中国北京科学技术协会推荐为最受消费者喜爱的产品，获得甘肃省名优产品奖，为兰洽会、西交会指定产品。陇南牌毛尖茶获第四届中国艺术节奖，产品中有几百元、上千元一斤的高档茶，也有几十元甚至几元钱一斤的低、中档茶。各类产品畅销省内外，很受消费者的欢迎。茶叶产业的发展成为农民稳定脱贫致富的可靠门路。仅以土地条件较差的阳坝镇大沟村为例，该村地处半山坡，过去是个贫困村，全村三个合作社 48 户、199 人，种茶 351 亩，投产 101 亩，人均 1.76 亩，茶叶年收入 10 万元，人均 500 元以上。刘大生全家三口人，种茶 11 亩，投产 5 亩，年鲜茶收入 5000 多元，人均 1670 元。土地条件好的地方，种茶收入更为可观。宋家沟村主任冯明芝放弃在外做生意赚大钱的机会，回村带领村民建茶园、修公路，茶叶生产搞得红红火火。

阳坝地区茶叶产业的发展，已经迈出了可喜的一步，但是与产业化生产的要求还有很大差距，主要表现在四个方面。一是茶叶基地规模太小。阳坝地区适茶土地 18 万多亩，现有茶园不足万亩，且产量少，不能形成商品优势。二是投入不足，茶园面积的扩大、低产茶园的改造、茶叶的加工，都需要加大投入。但当地经济条件差，集体和群众资金投入少，国家扶持也有限，严重制约了茶叶生产的发展。三是茶叶加工设施滞后，茶农生产的鲜茶多是手工作坊加工，形不成规模商品，难以增收，影响了群众种茶的积极性。四是技术薄弱，茶叶生产、加工技术力量跟不上，制约了茶叶产业化的发展。

调查表明，阳坝地区重点发展茶叶产业，具有优越的区域条件，既符合经济规律，又适应市场需求，还有群众多年种茶、制茶的传统和经验。同时这里产品无污染，无公害，符合市场消费新观念，因此，把茶叶产业作为阳坝地区独具特色的主要产业来开发，是可以的，也是必要的。然而优势要优，就得形成规模，仅有展品、样品、礼品，没有能够充分占据市场的规模产品，就无法形成良好的效益。这个道理告诉我们，必须跳出小农经济圈子，以退耕还茶、以茶换粮的大胆战略，调整产业结构，把优势做强做大，真正形成商品优势，实现价值转换。调研中形成的具体思路是下好三步棋：唱好两台戏，建立一个好机制。

下好三步棋：一是种好茶。首先要做好规划，算好账，引导农民进行产业结构调整，扩大产业基地规模。阳坝地区共有3.3万人，18万亩适茶土地，现在仅有0.8万亩茶园，发展空间很大。要力争茶园面积达到3.3万亩，人均1亩。投产后按亩产50公斤，每公斤20元计算，茶叶总产量可达165万公斤，产值达到3300万元，人均收入1000元。若能发展到5万亩，人均1.5亩，投产期茶叶产量可达到250万公斤，产值5000万元，人均收入1500元。二是制好茶。茶叶加工直接影响茶农的经济效益和种茶积极性，必须配套并进，采取股份、私营、个体等各种形势办厂，满足茶农加工需求。区域内每个乡镇和茶园集中的地方，都要办加工厂或者加工作坊，以方便茶农生产，使茶农既得到种植的效益，也获得加工增值的效益。三是销好茶。开拓销路，开拓市场，是实现产业产品价值的关键，必须下大力气做市场的文章。要充分利用广告信息等各种方式提高产品知名度，采取多种途径打通产品走向市场的通道。要壮大农民经纪人队伍，使农民成为销售主体，逐步以阳坝镇为中心，建设茶叶专业市场。在县、市、省城开设专属门店，做好茶叶营销工作。

唱好两台戏：一是科技兴茶戏。要在茶叶的育苗、种植、采收、加工、包装、储运、营销等各个环节增加科技含量，提高生产水平，努力形成一个科技兴茶的观念，积极增加科技投资和智力投入，向科技要质量，向科技要效益。二是质量品牌戏。从茶园建设、预防污染、加工制作、包装、销售等各个方面把好质量关，实现优质高效。牢固确立知识经济思想，在茶叶产品上创名优，保名优，不断创新，以优质和信誉赢得消费者，占据广阔市场。

建立一个好机制。就是通过探索实践，谋求建立一个符合市场经济规律，促进产业发展，把茶叶种植、加工、销售、科研联系在一起，使企业、农户、科研单位利益共享、风险共担的经营机制。这种机制不是行政的捆绑，而是利益的组合，能够有效促进茶叶产业的迅速发展。

阳坝地区茶叶产业的崛起，除了能在经济效益上起主导效应外，还将发挥不可估量的综合效应。一是有利于促进生态环境建设。高质量的规模茶园种植有利于保水固土，调节气候，并将给阳坝的自然景观添上一道美丽的风景，使茶叶产业转化为观光产业，为发展旅游提供良好的条件。二是有利于带动二、三产业发展。茶叶产业作为主导产业，将有效地带动交通运输、商贸服务、包装加工、劳务流动等产业发展，产生良好的社会效益。三是有利于推动阳坝小城镇建设。茶叶专业市场的发展，必然为小城镇建设带来新的机遇和条件。

调研思考中，还对茶叶产业发展应认真解决的问题提出了具体建议。一要争取和制定优惠政策，积极引导茶叶产业发展。二要增加投入，大力拉动茶业产业发展。三要加快人才培训，带动茶叶产业的发展。四要强化服务，促进茶叶产业的发展。五要加强基础设施建设，加强茶叶产业的发展。六要加强组织领导，推动茶叶产业的发展。建议中提出了具体的设想，供县委决策参考。

阳坝调研结束后，我们写出了关于阳坝地区重点发展茶叶产业的调查与思考。县委书记任跃章同志看后做出批示："县人大志奇主任关于阳坝地区重点发展茶叶产业的调查报告，在广泛调研和深入思考的基础上，对我县茶叶产业开发的现状、问题、思路、对策提出了很有见地的意见和建议。对搞好我县茶叶产业开发具有重要的决策价值和实践指导意义。读后使人颇受启发，希望我们各级领导干部都能发挥党的优良传统，大兴调查研究之风，围绕康县经济发展这个主题，深入实际察实情，开动脑筋想问题，共谋发展献良策，齐心协力把康县的事情办好，加快全县脱贫致富的步伐。”并指示将这份调查报告刊登在县委的《工作通讯》上，下发各乡镇各部门讨论。后来这个调查报告还被陇南市的《陇南工作研究》刊用。

康县历史上以牛头山为界，分为康南、康北。康南主导产业开发的路子找到了，康北产业开发的路子又在哪里？这是我们思考的又一个问题。于是，我又带领人员深入康北的20个乡镇调查研究。一路上，广泛听取广大干部和农民群众的意见。康北的土地资源相对好一些，除了种粮食，还有核桃、蚕桑、板栗等多种经营项目。核桃适宜种植面积广，树的生长周期长，见效慢，花椒、板栗发展区域小，产量少，唯蚕桑是个短平快的产业。康北发展蚕桑条件优越。一是气候适宜，是亚热带向北温带过渡性气候，为蚕桑产业发展提供了良好的自然条件。二是土地资源丰富，康北26万亩耕地，宜桑面积20万亩，而且地边、路边、沟边、房前屋后的空地都可以植桑。三是劳动力资源丰富，全县农业人口多，农村劳动力充足。四是有发展蚕桑的传统经验。1958年云台公社植桑养蚕成绩优异，曾荣获国务院周总理颁发的奖状。康县蚕茧1991年被上海蚕茧所鉴定为一等优质原料蚕茧，有茧大茧厚，出丝率高的特点，为国外消费者认可的丝绸纤维，发展前景广阔。五是服务体系健全，已经形成了以康县茧丝绸公司为龙头的生产、加工、销售配套的农工贸一条龙开发格局。县有中心、乡镇有站、村有技术员的三级服务网络已经建全，为发展蚕桑产业奠定了可靠的基础。六是有国家政策支持。蚕桑产业是扶贫开发财源建设的重点扶持项目之一，2001年陇南蚕桑产业被国家丝绸公司列为基地储藏项目进行重点扶持。丝绸作为中国的国宝，在世界市场上处于优先地位，有国家政策扶持的保证。这些理由，为我们在康北发展蚕桑主导产业提供了可靠依据。

“南茶北桑”的发展构思就这样形成了。经县人大常委会充分讨论，大家一致认为可行，并以建议形式报送县委研究决策。报告引起了县委的高度重视，2001 年 8 月 16 日康县县委全委扩大会议把“南茶北桑”正式确定为重点开发产业，作为农业发展战略狠抓落实。经过全县各级干部和广大人民群众的共同努力，成果丰硕。农民增加了收入，财政增加了税收，皆大欢喜。甘肃省人大《人民之声报》头版头条以《育茶海桑田，拓富县之路》为题做了康县发展“南茶北桑”产业的报道。后来，在实践的基础上不断充实，康县特色产业的发展思路调整为“南茶北桑，全县核桃”，得到了进一步完善。

2008 年 6 月 1 日，胡锦涛总书记视察四川“5·12”地震期间来康县视察灾情，并在长坝镇段家庄查看了农民植桑养蚕的情况。农民秦登基对总书记说：“村里种植桑园 80 亩，每年养两茬蚕，每亩一茬收入 720 元，年收入 1400 元。”随同干部汇报全县有桑园 57000 亩，建有一个丝绸厂。胡锦涛总书记高兴地说：“要鼓励农民多种桑树，多养蚕，尽量扩大规模，这样农民的收入就能多一些。”随后，胡锦涛来到养蚕房，查看了养蚕的情景，并亲手把一片片桑叶，轻轻地撒在蚕框里。一边喂蚕，一边同蚕主人聊天，勉励他们：“搞好生产自救，用自己的双手重建美好家园。”

这便是一幅题字引起的记忆，时隔多年还记忆犹新。

2018 年 12 月 12 日

实事求是说

水往低处流是不可逆转的规律，春花秋实是不变的常态。民以食为天，要吃饭，要生存，是谁都无法回避的现实。大自然有它的规律，社会形态也是如此。有压迫就有反抗，有剥削就有斗争。顺民心者昌，逆民心者亡。研究问题，解决问题，必须探究事物的内在联系和本质，并按其规律去办，才能把问题解决好，把事情办成功。否则，就会受到惩罚。违反了自然发展规律就会受到大自然的惩罚，违反了社会发展规律就会受到社会的惩罚。这就是我们通常所说的“实事求是”，“实事求是”是处理问题的重要法宝。中国共产党正是用这个法宝，把马克思主义同中国实际相结合，使马克思主义中国化，组织和带领人民夺得了革命的胜利，建立了属于人民自己的新中国。

中华人民共和国成立后全面进行了土地改革，使广大农民耕者有其田，短时期内改善了人民的生活，并使人们活得有尊严。人民欢欣鼓舞，众口称赞共产党好。进入社会主义建设时代，因没有经验，只能摸着石头过河，从互助合作到走集体化道路，借鉴苏联做法，进行了艰苦的探索。那时国家穷、人民穷，一穷二白，百废待兴。五六亿人要吃饭，要穿衣，要生活，国家只能实行计划管理，城镇人口吃饭发粮本、粮票，按年龄、工种定量。人民穿衣发布票、棉票，而且数量很少，一家人一年的布票合起来只能够一个人做一套衣服。购物发购货本，定量供给，供求矛盾非常突出。在这种情况下，一些人产生了急躁情绪，领导机关产生了急功近利的思想，搞“大跃进”，赶英超美。这个思路、目标、精神并没有错，也符合人们的愿望，错就错在不合实际的急性操作，违反了客观规律。最终破坏了农业生产，人民生活遭遇了极大的灾难。这是前进路上的挫折，是违反“实事求是”造成的后果。后来，党中央及时纠正了这一错误，制定了农村工作“60 条”，农业生产得到了恢复，国民经济步入了正轨。但接下来的“文化大革命”又造成机关瘫痪，经济失调，科研关门，学校停课，“实事求是”成为摆设。后来，忽然报纸上开展了“真理标准”的大讨论，说“实践是检验真理的唯一标准”，“实事求是”重归正位，得到人们的重视。从此，中国大地开始正本清源，拨乱反正，工作重点转向以经济建设为中心，走上了改革开放的道路。

改革开放以来，全社会围绕中心一门心思搞经济建设，创新发展，中国成为全球第二大经济体，人民生活水平有了显著提高，国家办成了许多过去想办而没有办成的大事。中国人实现了从站起来到富起来的跨越，并向强起来进发，人们为之欢欣鼓舞。然而随着社会的发展，不少唯利是图的伪君子跃上政治舞台，扮演着“两面人”的角色，台上反腐败，台下搞腐败。官商勾结，贪污贿赂，买官卖官，假公济私，涉黑涉黶，贪图享受成了“本事”。电视剧《人民的名义》中的祁同伟，“一人得道，鸡犬升天”的事情并非个案。“实事求是”办事，在一些人眼里成为“傻事”，“有钱能使鬼推磨”成了“真理”，“向钱看才是正道”。凡此种种，有人睁一只眼闭一只眼，有人敢怒不敢言，有人想解决不敢涉足。国有资产任人侵吞，政治生态受到破坏，社会风气严重腐败，正直的人们看在眼里，急在心上。

党的十八大以来，以习近平同志为核心的党中央，充分认识到腐败问题的严重性，制定了八项规定，从严治党，依法治国，重拳反腐，“打虎拍蝇”，取得了压倒性胜利。党的“实事求是”思想路线逐渐得到了恢复，获得了民众的一致拥护。实践反复证明，任何时候、任何事情都必须坚持实事求是，否则就要受挫折，受惩罚。毕竟中国共产党是一个拥有八千多万党员的政党，善于总结，善于谋划，遇到挫折不惧怕，有了错误能自纠，立足自我革新，自我净化，敢于实事求是。中国共产党将不忘初心，牢记使命，带领各族人民沿着习近平同志新时代中国特色社会主义道路，为实现中华民族伟大复兴中国梦继续前行。

2019 年元月

铁匠世家

我们家世代都是铁匠，在周围十里八村还颇有些名气。说是“铁匠世家”，总觉有些不伦不类，但想借这个词，说明我的祖辈都在从事打铁这个职业。我的爷爷、太爷、祖爷都是我们当地有名的铁匠。至今邻里还流传着一个故事，说一次有人想破坏杨铁匠的声誉，施了“法术”使炉中的“毛铁”粉碎了，夹不出炉。老铁匠请出祖师爷“太上老君”，点香化纸行礼后，硬是用双手把碎铁从炉中掬出，完成了那次打铁活计。

那时候因为家里穷，地少田薄，祖辈们除了务农之外，用打铁来补贴家用。乡亲们种地所用的镢头、锄头、镰刀、斧头，无论是打新的还是修旧的，有求必应。谁家的骡马驴需要钉个新掌，盆破了需要修补，也在所不辞。谁家要补锅、拧钉子、打锥子、上铆钉什么的，都能提供个方便。也算是一技之长，方便了民众之需。

小时候，我常到爷爷的铁炉房里去玩，看过爷爷打铁的情景。打铁是个力气活、辛苦活，冬天、春天和秋天还罢了，夏天可真是受不了。头顶烈日炎炎，胸前炉火炙烤，干起活来，真可谓汗流浃背啊。爷爷个头比较高，黑红的脸庞，留着短发，微显驼背，穿麻布衫，身板硬朗，两臂肌肉突起，一手拿钳，一手拿锤，十多斤重的铁钳夹着烧红了的铁器，翻转自如，抡锤轻捷。由于用力大，双脚着地，时间长了，把土地板踏出个坑坑。现在想起来，才明白“打铁还得本身硬”的道理啊！

中华人民共和国成立了，共产党、毛主席领导人民打土豪分田地，家家户户都有地种了，爷爷的铁匠活更加忙了，有时还要加夜班哩。爷爷是个好心人，名叫杨永德，艺德在胸，以德待人，人如其名，对他人的需求，无论贫富总是“照单全收”。一次邻村的一位老人忙着挖地，挖坏了镢头，赶来修复，修好了镢头暂时没钱付。爷爷笑着说：“乡里乡亲的，拿去用吧。”过了几天，那位老人提了一笼子洋芋来道谢，爷爷乐呵呵地说：“看，客气了吧！”那人说：“这是用你打的镢头挖的洋芋，尝尝鲜吧。”

1956 年，家乡建立了农业高级合作社，爷爷在铁业社打铁。铁业社设在大堡镇，离家有十来里路，爷爷吃住都在那里。这是爷爷头一次参加组织起来的铁业生产，因为自己的技术有了施展平台，爷爷心里甚为高兴，他在那里干活更卖力，常常超额完成任务。可是好景不长，1958 年大炼钢铁开始了，铁业社解散了，全民投入了大炼钢铁运动。爷爷的铁匠工具、铁砧、铁锤、铁钳等全部卖成废铁，上缴了钢铁任务。那时，爷爷年岁也大了，干不动了，就歇了打铁生意。

从此，爷爷再也没有打过铁，爷爷的铁炉房变成了柴草房。

2007 年冬月

母亲的针线包

回忆母亲的针线包，那是一件让人十分心酸的事情。针线包里没有什么贵重的东西，没有什么值钱的物件，尽是一些碎布块、旧布条、麻片、线头、顶针、镊子等做针线用的杂乱之物。然而就是在这个不起眼的针线包里，却装着很多令人难以忘怀的故事。想起母亲的针线包，那一个个母亲辛勤劳作的镜头就浮现在眼前，一串串令人感慨的往事就涌上心头。

母亲是一个普通的农家妇女，春夏秋冬总没有闲的时候。白天在干完灶头活照料孩子的同时，还要喂猪、喂鸡，一有时间就上地帮父亲干些农活，晚上常常点着油灯半夜半夜地做针线。那时，家里人口多，我们姊妹六个，加上爸爸妈妈，爷爷奶奶，共 10 口人。这么多人的衣裤鞋袜都要母亲一手来缝补。天下雨了干不成地里活，母亲就在家里纳鞋底、做鞋帮。经常我们一觉睡醒了，她还在灯下做针线。我要上学去了，她总要把衣服洗干净、缝补好，再做一双新鞋带上好换脚。那时家里穷啊，吃饭，吃了上顿没下顿。病了，没钱买药治病。孩子们穿的衣服，总是大的穿了小的穿，新三年，旧三年，缝缝补补又三年。大人们冬天穿的棉袄，春天拆掉棉花当单衣穿。家里十口人吃饭，三五天就要到水磨坊去磨面，一磨就是整天整夜，饭都要送到磨坊里吃。母亲太辛苦了，四十多岁，头上就添了许多白发，五十多岁就已经满脸皱纹。因长年操劳，年仅五十三岁就因病与世长辞，离开我们走了。母亲辞世连一张照片都没有留下，想看看她的容颜相貌都不行了，这是为儿的一大遗憾，也是我要写这篇文章的心意所在。

现在好了，我们的国家和人民在共产党的领导下，经过几十年的努力，实行了改革开放，从站起来到富起来，并且已经向强起来奋进。我们家变化也很大，摆脱了贫困，衣食无忧，老家修了新房，孩子们在县城买了房子，家里还添了小汽车。现在社会物质很丰富，兜里有钱了，要穿什么衣服，穿什么鞋子，再不用自己缝制了，到市场买来就是了。母亲若在天有灵也是会感到高兴的。

2007 年 8 月 16 日

父亲的渴望

我们家世代都是农民，因为穷没有出过一个读书人。父亲虽然读了几年小学，仅仅算得上初识字，还是和泥土打了一辈子交道。因为要种地，他非常喜欢喂牛，差不多每天上午都要牵着牛到草坡、水沟草好的地方，让牛吃一阵子露水草，还要割上一背篼草给牛添夜草。他喂的牛膘肥体壮，就是大集体的时候，社里评比，他的牛总是被评为一等。父亲是个闲不住的人，平时最爱摆弄自己的农具，经常把犁头、镢头、锄头擦得亮亮的，还把它们挂起来，怕生锈了。镰刀、斧头磨得吹毛利刃，说“磨刀不误砍柴工”，用的时候方便。他深知当农民种庄稼不容易，长期养成了勤俭节约的习惯，吃馍馍总是用双手掬着，怕馍馍渣掉在地上，即使偶尔掉在地上，也要捡起来喂在嘴里。他对儿女很严厉，看到谁把馍馍渣掉在地上，总是板着脸训斥道：“不知道可惜，捡起来!”这也算是一个农民的高尚之处吧。回忆到此，深刻认识到“一粥一饭，当思来之不易；半丝半缕，恒念物力维艰”。

父亲认识些字，平时总爱往有点文化气息的地方走走看看。发现哪个墙上贴了张标语，他总要停下脚步来看看上面写的什么，身边有人问写的啥？他总是一笑作为答复。因为他识字不多，诸如“毛主席万岁”

“共产党万岁”他还认识，复杂的字他就念不下去了。在说话中对一些词语欠理解，用得不准确，还吃过亏。那是“文化大革命”时期，有一次生产大队在会议室召开社员大会，他早早就去了。看着会议室墙上挂着毛主席的画像，还很感慨地对旁边人说：“你看，毛主席的像多肥魁啊!”本意是尊敬和赞扬，但是词用错了，恰好被公社战斗队长听见了，便抓住狠批了一顿，说：“‘肥’字怎么能用在人身上，又怎么能用在主席的画像上？你这是对伟大领袖毛主席的污蔑。”还说要批斗。恰恰旁边有个好心人，帮批了几句：“没文化，不懂就不要乱说，说错了，要负责任的。”父亲赶忙认错说；“是，是，说错了。”这才躲过了一劫。父亲胆小，从此变得沉默寡言，在人面前很少说话了。父亲从历史和现实思考，深知没有文化的苦，多么渴望家里有一个读书的人啊。

父亲和母亲商量，做出了一个重要决定：家里再苦再穷也要供个孩子上学。我是长子，又喜欢读书，就成了首选。父母让我坚持上学，上初小时离家近，放学后还可以帮家里放牛。上高小时要到十里外的大堡镇，早来晚归，不能帮家里干活了。小学毕业，我考上了初中，要到离家 90 里的康县第一中学上学。父亲既高兴又担忧，高兴的是孩子考上了中学，担忧的是娃娃小、离家远，无法照顾。开学了，父亲破例为我送行。上小学的时候他从来没有接送过我，这次要出远门上学了，他好像有话要对我说。背着行李，父亲一边走一边对我说：“到学校要听老师的话，好好读书，照顾好自己，不要惹事。”走了好远，遇上同路的同学，我便对父亲说：“好了，爸爸回去吧，我有伴儿喽，自己去就行了。”父亲还是不放心，坚持送我翻过了万家大梁才停住，说：“注意岔路，前面走过三官殿，再过嘴台，出了大峡就是康县一中了。”临走前还再三叮嘱：“新的地方，人生地不熟，要小心，同学之间相互帮助。”我说：“爸爸你快回吧！我们走了。”父亲看着我们下山，我们已经走了好远，他还在那里站着。望着他那渴望的眼神，我猜不出有多复杂，但是对我压力很大。想着到了学校学习成绩不好怎么办，让父亲失望了，又怎么交代。想着想着，一路无语。

十二三岁的娃娃远离家乡上学，要自己做饭，洗衣服，独立生活，还是很辛苦的。不过，我的家境告诉我，有机会上学就不错了，所以读书还是很上心的，学习成绩一直在学校名列前茅。时间过得很快，转眼三年过去了，初中毕业了，我考上了高中。我们这一届是康县一中首次招收高中生，师资力量自然还是初中班底，之后才逐渐充实。正值困难时期，许多同学因为贫困而辍学，全年级共招收了50名学生，毕业时仅剩10名了。

我总算熬到了高中毕业，在家乡那个山沟里，也算是一个有文化的人了。后来又有机会参加了工作，先在财政局当会计，后调到康县县委宣传部做新闻报道工作，开始在报上发表文章了。这在家乡传开，有人说：“杨铁匠家门风转了。”在党的培养下，我后来还担任了县委秘书、县委办公室主任、康南林业总场场长、礼县县委常务副书记。这时候，父亲已经是70多岁的老人了，见面总是叮咛：“要谨慎，把工作做好。”

有件事我至今不能忘怀，他没说出口，但我理解老人的心思，他想到我工作的“县衙”去走一趟，看看到底是怎么回事。我想也没什么看头，在单位住办公室，吃大灶，平时不是开会、办公，就是下乡，老人去了也不方便照顾。没想到“子欲孝，亲不待”，这一拖老人身体发生变故，不久因病离世，父亲的心愿没有实现，我心中也留下了永久的遗憾。

2014年2月22日

我的童年

我的童年没有现在的孩子那么幸福、快乐，没有奶粉、糖果吃，没有华丽的童装、鞋子穿，没有玩具、车子玩，没有幼儿园去上，没条件学唱歌、学跳舞，更谈不上什么旅游、到外面走走看看，长点什么见识。时代不同，无法比拟。不过，由于童心的单纯，什么也不想，什么也不管，入乡随俗，跟着时代走，虽然过得单调，但还是很快乐的。小时候和本村庄的同龄娃娃一起玩，撒泡尿和泥泥，草丛里捉蛐蛐，光着屁股在小河里打水仗、抓小鱼，玩弹弓打小鸟，踢毽子、抽陀螺，堆雪人、塑雪牛，等等，还是很有乐趣的。

夏秋时节，谁家的樱桃红了，桃子熟了，梨子黄了，总是一帮孩子守在树下，先拣熟了的打下来解解馋。邻里们都很和气，娃娃们在树下玩耍也不追赶，吃个果子图个热闹。

孩子们都喜欢过年，我也不例外。大人们常说："宁穷一年，不穷一天。"过年的时候，能穿上新衣服和新鞋，能吃上白面馍馍和大肉，娃娃们自然高兴。还有那过年的气氛，家家户户门上贴春联、挂灯笼，供上"天地君亲师"的牌位。除夕之夜，人人都要给祖先上坟，在坟头上点蜡、上香、烧纸，以示祭奠。我们小孩子也跟着去上坟，一本正经地上香、磕头。父辈总要一个坟头接一个坟头地指着说，那一个是太爷太婆，那一个是祖爷祖婆，一一说个明白。大年三十晚上，村村寨寨，山坡坟地，灯火通明，鞭炮轰鸣，与天空星光灿烂交相辉映，好不壮观。

大年初一，孩子们还要给家谱点灯，给爷爷奶奶、父母、长辈们磕头行礼，挣上几毛压岁钱。这些活动，孩子们乐于参与，同时也是在默默地向孩子们进行传统文化和知根敬祖的孝道教育。

到了五六岁的时候，就要帮家里干些活了。我经常与庄里的娃娃结伴，早晚去放牛，把牛赶到草坡上吃草，还顺便拾一些粪回来，倒在粪场里，来年给地里施肥。平常帮大人寻个猪草、打个杂，总是闲不了的。六岁时，爷爷教我学会了编草鞋，当我穿上第一双自己编的草鞋去放牛时，心里非常高兴，很有成就感。

我的家在一个漂亮的小山村里，背山面水，绿树掩映，交通方便，村名叫七房坪，意思是最早搬迁到这里的只有 7 户人，因为宜居，现在已发展到 40 多户，300 多人。过了河就到了朝圣寺，早年这个佛寺规模还不小，香火也旺盛，常年有和尚侍奉。后来这个寺院在破除迷信运动中被改建成了小学。如果留下来的话，说不定还是个旅游景点呢，还能帮助家乡人致富。

我的家乡很美丽，这些年来变化也很大。我如果是一个画家，我可以把家乡的春夏秋冬画成 4 幅巨图，即《春耕图》《麦收图》《秋收图》《备耕图》；我如果是一个诗人、作家，我可以用最好的文字，把家乡的美好好夸一夸。可惜这些都是梦想，我都做不到。不过我还是怀着对家乡浓浓的情感写了几首词，以表达我对家乡深深的热爱之情。

采桑子·家园（四首）

（一）

春风送暖家园好，淡烟疏柳，小桥清流。块块青苗如泼油。
村里村外人忙碌，栽瓜种豆，各有奔头。田间犁人教小牛。

（二）

夏日燕舞家园好，漫山金黄，麦摞登场。牛歌声声脱粒忙。
家家户户喜收成，新麦囤装，黄酒开缸。烧花馍馍谢上苍。

（三）

秋色染景家园好，柿子红了，豆谷黄了。树树秋叶团团火。
男女老少苦中乐，不畏辛劳，不觉崇高。不求富贵图温饱。

（四）

隆冬雪野家园好，洁白无污，风高冰厚。盘坐炕头说风流。
杀猪宰羊迎新年，大块吃肉，大碗喝酒。醉梦来年又丰收。

2011 年秋月

远去的记忆

那是一个“疯狂”的年代，我也一起“疯狂”过。青春年华，异想天开，不知天高地厚；蹦蹦跳跳，走进生产队食堂，一人吃饱全家饱；无忧无虑，把家里的锅盆铲勺铁器家具按废铁卖给收购站，为大炼钢铁“充值”。世代相传的家庭生活，仅成了能躲风避雨的空壳，诸多问题接踵而至。

男大当婚，女大当嫁，那时我已到了成家年龄，一次邂逅，我同一位邻村的女子相识，一来二往相互信赖，竟成了终身伴侣。当时，父母倾家荡产凑了四十六元钱，给姑娘家买了三套做衣服的粗布料、两双袜子、两瓶白酒，再加十二元钱，作为彩礼。自此，家里已是一贫如洗了。双方父母都很明智，也很无奈。一起商量，什么礼仪都免了，说“两个娃在一起过日子就行”。结婚时没有迎娶，没有请客，没有新房，甚至连一张剪“囍”字的红纸都买不起。两条长板凳，架上一副旧门扇，铺着一片旧草席，盖一床旧被子，以书为枕，就是洞房的“新床”了。很幸运，这天生产队食堂改善伙食，蒸洋芋包子。我去食堂打回十个包子，就算是婚礼美食了。

爱人是个朴实女子，一生辛劳，只有打拼不求享受。生儿育女、赡养老人、养家糊口，从不叫苦。后来我有机会出山参加工作，她又成为我事业上的坚强后盾。那段贫穷的农村经历，成为我终生难忘的乡愁。那是共同贫穷的年代，需要共同奋斗才能摆脱贫困。山里人靠山吃饭，山是“摇钱树”，山是“聚宝盆”，只有“咬定青山不放松”，才有希望致富脱贫。几十年来，我和同事们一起研究探索，引导农民兄弟种茶、植桑，发展核桃、花椒、木耳、香菇、天麻、中药材产业。无可置疑，特色产业的开发，使很多人走上了致富之路。

时代的步伐在前进，那种贫穷已成为过去的回忆。奋斗送走了贫穷，改革迎来了幸福。人民群众的日子一天比一天好，农村人过上了城里人一样的生活，孩子上学、生病医疗、特困低保、老人养老都有了保障。农村振兴、城乡共荣，变化日新月异。我的家庭也与时代同步，我的工资收入由当年的30多元增到6000元，增长了200倍。还在城里买了房子，交通工具由自行车换为摩托车，前些日子还添了小汽车。

回顾远去的记忆，比较今天之幸福，感恩心情油然而生。感恩共产党的正确领航，感恩以人民为中心中国特色社会主义制度的优越。展望未来，前途似锦，愿后辈子孙为中华振兴奋斗不息，努力前行。

2018年8月

我的初心

我出生在贫苦的农民家庭，生活在一个树木浓郁、绿水环绕的小村庄。自幼耳濡目染农家气息，接受农民勤劳、节俭、朴实情怀的熏陶，农民形象在我脑海里打上了深深的烙印。那时的农民，为了一家人的生计，一年四季，日复一日，总是“日出而作，日落而息”，面朝黄土背朝天，辛勤劳作。他们每做一件事情，都非常卖力，非常认真。

小时候，我看到父亲在烈日炎炎的夏天，去地里锄苞谷，总是把地刨得松松的，草拣得净净的，苞谷苗耘得稳稳的，这样他才觉得心里踏实。夏收时节在地里割麦子，父亲总是把麦秆捏得紧紧的，怕掉了一穗可惜，偶尔撒落一穗，也要弯着腰捡起来。回忆到这里，想起唐代诗人李绅“锄禾日当午，汗滴禾下土。谁知盘中餐，粒粒皆辛苦”的诗句，这是一个多么真实的写照！我的母亲除做家务跟农活外，还要给全家人做鞋缝衣服，经常忙到半夜。一双鞋从做鞋底到鞋帮，不知要缝多少针。爷爷是个铁匠，打造一件农具，硬是要一锤一锤地敲打，直到造型完美，使用得心应手，才点起一袋烟，瞅着他的“作品”，露出满意的笑容。庄里有个大叔是个篾匠，用芦苇编制晒粮食的席子，蹲在地上来回移动编制，一蹲就是大半天，三天才能编成一片席子。做好这些活计，需要非常认真，还要有极大的毅力和耐心。因此，“认真”二字自幼就钻进了我的脑海里，扎根在我的心上。

上学了，读书、写字、做作业，总是用心去做，认真完成学习任务，怕落后了对不起辛劳养育自己的父母，怕对不起苦口婆心教授自己的老师。工作了，领导安排的每一项事情都要认真做好，不敢怠慢，怕对不起组织，对不起人民给予的薪水。入党了，“认真”这个词儿得到了进一步的升华。通过对党纲、党章的学习，知道了为什么目标“认真”，为谁“认真”，如何“认真”。认真履行党员义务，对党忠诚，积极工作。我在从政路上遇到了一个好师傅，他叫刘守业，时任中共康县县委书记，也喜欢认真。因为看上了我的认真，调我到县委办公室当主任。刘守业同志领导康县工作，积极倡导“说实话、办实事、求实效”。“实话”从调查研究中来，“实事”从人民的需求中做，“实效”从实干中求，考核标准就是人民满意不满意，用这“三句话”的精神指导工作，选用干部，极大调动了广大干部和群众的积极性，全县工作发生了翻天覆地的变化，干部受到了人民群众的积极拥护。就凭这个“认真”劲，全县上下政治生态得到了明显提升，思想作风、工作作风、群众作风得到了积极转变，康县县委被评为全国党风建设先进单位。就这“三句话”，我学了一辈子，用了大半生，至今还觉得很新鲜，还没有用足用够。人民对美好生活的需求，就是我们要办的实事，这是一条不变的真理。心里装着这“三句话”，我的前进路上总觉一片光明，做什么事情都得心应手。在任康南林业总场场长期间，因保护森林资源成绩显著，曾获省、地林业部门的表彰和国家林业部和人事部的嘉奖；在任中共礼县县委常务副书记，分管组织、政法工作时，大抓全民普法教育，礼县被评为“全国法制宣传先进县”“甘肃省社会治安综合治理模范县”，我也被评为“陇南地区法制宣传先进个人”“甘肃省社会治安综合治理先进个人”，受到省委、省政府的表彰奖励；平日其他工作也曾多次受到表扬嘉奖。

党的十九大胜利闭幕之后，总书记习近平同志带领六名中央政治局常委，到上海“一大”会址，面对党旗，一字一句重温入党誓词，宣示新一届党中央领导集体的坚定政治信念和决心。这是为全党做出的表率，为八千多万党员和十三亿人民做出的承诺，让人十分感动。世界上怕就怕“认真”二字，共产党就最讲“认真”。人们从承诺中看到了实现中国梦的希望，看到了中华民族伟大复兴的曙光。习近平总书记领着常委们到浙江嘉兴瞻仰红船，深有感慨地说：“只有不忘初心，牢记使命，永远奋斗。”才能使党永远年轻，才能确保新时代伟大目标的实现。

2018 年 11 月

第一次坐飞机

我曾多次乘坐飞机，但记忆最深的还是第一次坐飞机。

那是四十年前，参观全国摄影展览，从金城兰州飞往上海。当时飞机航线不多，民运航机也比较少，乘坐飞机有很多限制，国家干部外出，县处级以上凭介绍信才能买到飞机票。那时我是《甘肃日报》和甘肃人民广播电台的通讯员，到省广播电台开了一张介绍信，才买上了机票。由于是第一次坐飞机，一切都很陌生，不知道怎么做。头一天晚上激动得没有睡着觉，又是高兴，又是害怕。高兴的是终于实现孩时的梦想，要坐飞机了。害怕的是万一“点儿背”，飞机发生事故怎么办？想来想去，还是解除顾虑，去实现坐飞机的梦想。

第二天，我提前两个小时乘机场大巴车到兰州中川机场，通过安检，进入候机大厅，等待登机。候机厅很宽敞，设施新颖，功能齐全，服务周到，一排排座椅上坐满了人，秩序井然，让人大开眼界。大约一小时后，广播员通知去往上海的旅客检票登机，人们自觉排队按次序进入机舱。机舱内五人一排，左二右三，中间为走道，我的座位恰好临窗。旅客各坐各位，放好行李，聆听着广播员介绍乘机须知，当听到“你的救生衣就在座位下面”时，不由得心里怦怦直跳，有些紧张，但由于空乘人员的周到服务，心情逐渐平静下来。飞机在跑道上滑行十来分钟后，突然感觉有点倾斜，顿时腾空而起，升向空中，越飞越高。那天天气晴朗，阳光明媚，视线清楚。从空中看地下，河流、公路好像银色的丝带，汽车如蜗牛那么大，楼房犹如火柴盒一样失去了高度和立体感，山峰像一个一个连绵不断的小土堆，一切都变得那么渺小。飞机行进在蓝天白云之间，从机窗看白云，真是千变万化。有时像一堆堆雪白的棉团、一堆重着一堆，又像厚厚的棉絮，一片接着一片。有时那云彩变成了蛟龙在天空舞动，变成雄鹰在长空飞翔。有时还仿佛看见“悟空”“八戒”等众神仙腾云驾雾，在天上游荡，形象逼真，栩栩如生。随着飞机的不断升高，我们飞行在云层之上，好像在穿越重重雪山，云景壮观至极。飞机沿着黄河流去的方向，飞越中原大地，飞越祖国富饶的山川，飞越中华文化的发源地，飞向繁华的大都市，使人心潮澎湃，浮想联翩。“江山如此多娇，引无数英雄竞折腰”。中原是华夏文明的发祥地，从古至今，先后有二十多个朝代建都中原，这里曾是中国政治、经济、文化、交通中心，古有“得中原者得天下”之说，逐鹿中原，方可鼎立天下。中原多才子，圣贤誉天下，曾为中华文明做出卓越的贡献，令人不敢忘怀。

飞机快到上海了，逐渐下降，可远远眺见都市的轮廓。第一次坐飞机，第一次来上海，心情好生激动，巴不得赶快下飞机融入向往已久的繁华都市。飞机在上海虹桥机场缓缓降落，高楼、道路、汽车、人群映入眼帘，热闹非凡。经历一段滑行后，飞机停稳，乘客们带着随身行李，有序走下飞机，由机场大巴车送往场外。安全到达，一颗紧绷绷的心虽然放松了，但总觉得还没有“过瘾”，回望机场，迟迟不想离开。心里想着：再见，虹桥，有机会再来。

2016 年夏月

《我的足迹》影集序

人生在世，面临两条路。一条是自然之路，一条是人生之路。一条在足下，一条在心里。所谓自然之路，一个人自初学走路到老了走不动路，不知走了多少路。为了生计，每个人都经历过行路的艰辛、跋涉的困苦、跨越的险阻。

所谓人生之路，人生道路千万条，可总括起来就两条：一条是正道，一条是邪路。选择什么路，是人生成功与失败的重要抉择。我有个资深知心的领导，他文化不高，但人实在。他把自己积累的照片汇集起来，清晰地展现出“我走过的路”。这件事深深地触动了我，闲暇无事，我也把仅存的一些照片，按时间顺序做了整理，作为自己人生之路的回忆。过去以为不起眼的照片，现在整理起来都觉得很珍贵，一张都舍不得丢掉。就是这些照片，勾引起我很多的回忆，一张照片记载着一个故事。这些照片，清楚地反映了社会的发展与进步，家庭的时况与变化，个人的成长与升华，祖国山河的美好与建设。由于小时候家里贫穷，我的童年没有留下照片，我的母亲因过早去世也没有留下照片。实在遗憾。

一路走来，虽无大的成就，但作为一个凡夫俗子，也无愧于心。一路行至于此，应该感谢父母的养育，党组织的培养，恩师的教诲，高人的指点，朋友的帮助，以及妻子家人的支持！

这一生没有多少遗产留给子孙，这些照片留下来，如果能够让他们从中有所感悟，便也心满意足了。

2019 年 2 月 16 日

刻在心里的碑文

母亲邱兰英生于1918年，卒于1971年，享年53岁。那是大集体的年代，家里一贫如洗，温饱难求。

父亲杨树魁生于1921年，卒于1998年，享年78岁。走过艰难岁月，进入盛世时期，日子好过了，他却离我们而去。

父亲生前对我说："我死后，一切从简，不大操大办，不要立碑，入土为安。"这就让我们做儿女的为难了，父母无所报，人生更何求！本想父亲过世后，与母亲合葬，共同立碑为念，以表儿女孝心，但这个忠告，打乱了我们的计划。在子女们的心中，父母就是上帝，父母的话不能不从。父之美德，儿之遗产。

父母情，父母爱，父母心，什么时候才能读懂，才能悟透？这需要一生一世的感悟。父母为了儿女，一辈子风里走，雨里行，从春到秋，从夏到冬，一年四季不歇停。为了儿女，冒严寒，顶烈日，吃苦受累，无怨无悔。为了儿女，倾注一生的心血，把爱潜在额头的皱纹里，藏在满头的白发中，收在微微的驼背间，到老了那颗牵挂的心还悬着，怕自己连累了儿女。父亲不要我们为他立碑，我只好把给父母的碑文刻在心里，写在纸上。

严父慈母，一生清贫。勤劳简朴，继祖为农。教子耕读，历尽艰辛。双亲谢世，儿女哀痛。杯酒供果，岂能报恩。祭文为念，以启后人。香火纸钱，告慰英灵。子孙顿首，愧心悲痛。牢记教诲，谦卑做人。

2002 年 2 月 22 日

写给妻子的两篇祭文

（一）百日祭

贤妻如晤：

2016年6月5日，农历五月初一，是我终生难忘的日子。那一天凌晨，贤妻张淑花心脏病突发，抢救无效，与世长辞。呜呼哀哉！呜呼痛哉！我们的当家人走了，丢下亲人不管了。从此，丈夫没了妻子，孩子没了妈妈，孙子没了奶奶，全家人的天塌了，屋里哭声一片，乱成一团，何去何从，谁来指点？

你倒是心闲了，没有留言，悄悄走了，无苦无恼，临终似拈花而去，像菩萨引你上了云霄。我们却悲痛欲绝，伤心万分，自此阴阳两隔。悲叹苍天弄人，造化难违，无奈以泪洗面，认命天定。

你为人朴实、勤劳、执着、善良，跟着我一生辛苦，从不服输。当年初嫁，正是困难时期，我们家穷，缺衣少食，吃了上顿没下顿。结婚时没有新房，没有新床，只有一副旧门板，一床破席，一床旧被，以书为枕，更谈不上彩礼、嫁妆。有人问你，明知是个穷坑，为什么还要往里跳？你的回答坚定明确："我是找丈夫，不是找财产。"你放弃了学业来到了我家，跟着我打拼了一辈子，吃尽了苦头，多年来没日没夜地干活，操持家务，孝敬老人，生儿育女，从锅头灶边、针头线脑到干农活，后来在单位烧锅炉、做杂务，从不怕苦，从不怕累，在你的人生“字典”里，好像就没有一个“苦”字。我是一个不称职的丈夫，家务从不管，子女的事很少管，屋里屋外全是你照管。你把五个孩子拉扯大，谈何容易。你戏说我是共产党的“雇身汉”，这话虽然难听，但也是实话实说。我在岗四十年都在忙工作，很少回家帮你。不过，正是有你的帮助和支持，我们家才有今天。这里有你一大半功劳，你是我们家的功臣，是我们家的顶梁柱。

春蚕到死丝方尽，蜡炬成灰泪始干。你这个几十年的当家人，虽然很坚强，经受过千辛万苦，接受过重重打击和折磨，都挺过来了，但当家当累了，当伤了，真气耗了，体儿虚了，心事烦了，面庞瘦了。正是可以享福的时候，你却走了，静静休息了。丈夫我在你的帮助下，为党工作，为民办事，一世清明，无怨无悔，但也免不了走这条路，你先走，我后面就来陪你。

自你谢世，余心悲惨，夜不能寐，日不能食，话不成声，意志消沉，无心人寰。我总觉得你还活着，还在我身旁，我说话你听着，我做事你看着。看着你放置的一物一件，似乎你还在呵护着。你放心，你的话我记着，你想做而没有做完的事，我要带领娃们继续做，托你的福，让你如愿。

你还活着，永远活在我的心里，活在孩子们的心里。人生百年，我不能与你共度余生，千世轮回，我愿与你永结情缘。

呜呼哀哉！哀哉！

拙夫百日哭祭。

2016 年 9 月 12 日（农历八月十二日）

（二）周年祭

一周年了，多么难过的岁月，度日如年。去年的今天凌晨，你什么都没说，就悄悄走了，走得那么仓促，那么突然，让人手足无措。

自此，我们阴阳两隔，幽明永绝，人面不见，音讯全无。

自此，你带走了全家的温馨、幸福和快乐，空留我无尽的悲伤、痛苦和寂寞。天长地久有时尽，此恨绵绵无绝期。

这一年，我沉浸在悲痛中，游历在回忆里。想起你，常常以泪洗面，不时痛哭失声。回忆中，等待你的呼唤，期待与你见面，梦里相见总是那么短暂。

这一年我才明白了一个道理：女人就是家，有女人才有家的温暖，有女人才有家的幸福，有女人才有家的快乐。女人是水，男人是茶，茶只有泡在水里才能飘飘洒洒，泡出味道，施展才华。你在时，曾经数落我："你有想起我的时候？"你走了，我才明白你的话，但已迟了。

五十五年，糊里糊涂，不知珍惜，现在明白了，后悔晚矣。你先我而去，缘分尽了，这是我的命，不认也得认。

你听着，这辈子你跟了我，吃了苦受了罪，你若不嫌弃，下辈子还做夫妻，一定让你的生活更幸福、更多彩、更美丽。

愿你在天安息。

拙夫周年祭文。

丁酉年五月初一

故乡的故事

我的故乡叫寺台，顾名思义，有寺庙楼台之意。

寺台镇只有五十平方千米，五六千人口，耕地不足万亩，竟有大小庙宇十多座。我家所在的杨湾村就曾有一座香火旺盛的“朝圣寺”，正殿有三尊大佛、四大金刚、十八罗汉，左厢是送子娘娘，右厢是关圣帝君，倒厢是观音菩萨。周围的山上也有不少庙宇，佛庙、道观随处可见，如东岳庙、大安庙、二郎庙、菩萨庙、黑爷庙、土地庙、龙王庙等。小时候，和小伙伴一起跟大人去赶庙会，看戏、看神鼓、看社火、看祈雨，老人们总是要带上香、蜡、纸，在神像前点灯、上香、烧纸，以示祭祀，求得保佑。那是封建神权时代的传承，受神权束缚，村村修庙，户户敬神，人人叩拜，已成为民间习俗。其实，民众建庙敬神拜佛，很大程度上是一种精神寄托，代表着一种理想、企盼和纪念。庙宇里供奉的神仙、佛像，大都是历代传说中人们敬仰的圣贤和英雄，希望他们的“在天之灵”，继续为人民办好事，降吉祥，保佑一方平安，再现五谷丰登。家乡如史家坪、庙坪上、张家庄都分别建有“黑爷庙”，供奉着“神明之君”，人称“黑爷”。据说是甘肃陇西人士，亲民爱民，为政清廉，位列朝瑞，职同宰相，晚年急流勇退，弃官修道，在西和清岩洞修行。民间传说“黑爷”神通广大，“祈阳得阳，祈雨得雨”。每逢天旱，民众总要抬出神像，设坛祈雨，以保风调雨顺，庄稼丰收。

那时候，农村没什么文化娱乐活动，农闲、晚间听老人们聊天、唱唱书、讲故事，倒是一件有趣的事情。听他们讲“二十四孝”“姜子牙封神”“唐僧西天取经”“孙悟空大闹天宫”“沉香救母”的故事，还有《三国演义》和《水浒传》中的部分段子，虽是民间传说的不同版本，讲述中有些语言渲染和添油加醋，但故事大意都差不多。有时还讲当地的故事，如“黄解元”进京赶考、“吴青天”开仓济民、“二龙戏珠”等，更听得人津津有味。

故事中的“黄解元”，名叫黄居中，寺台镇磨坝人，清末进士。十八岁时州试成名，文章书法在同窗中首屈一指。二十九岁赴省城参加应试，获得乡试第一名，从此人称“黄解元”。黄居中考中解元归来，未回家就先去拜望他的老师，在远离老师家十里的地方就下马步行，以示对老师和师娘的敬意。第二年，三十岁的黄居中，赴京会试未中，时值“甲午战争”中国战败，李鸿章去日本签订《中日马关条约》，激起全国各界人民的愤恨和抗议。1895 年 5 月 1 日，应试举人数千人在北京参加抗议活动，1200 名举人在康有为起草的请愿万言书上签字，要求废除丧权辱国的《马关条约》，黄居中就是其中之一。之后，黄居中还会同甘肃 76 名应试举人联名写了《请废马关条约呈文》，充分体现了黄居中的爱国热情。光绪二十八年（1902 年），已 37 岁的黄居中仍进京会试，考中了进士，与同科进士朝拜了光绪皇帝。是年被朝廷签命为贵州铜仁县知县。光绪三十三年（1907 年），黄居中因为官清廉，政绩显著，被提升为铜仁府知府。在任期间，曾果断处理前几任知府都未了结的积案，拒收贿赂，果断处决要犯，险遭残害。黄居中一生博览群书，见多识广，为官体察民意，秉公办事，刚正不阿，深受民众赞许和爱戴。

“吴青天”的故事也广为流传，广受民众喜爱。他名为吴作哲，寺台镇吴家斜坡人。自幼聪明好学，发愤苦读。19 岁参加州试，成绩优异。31 岁赴省城应试，考中举人。但中举后几次进京会试，都落第而回。后经州府推荐，出任狄道（今临洮县）教谕。在任期间勤奋施教，选荐贤才，成绩显著，44 岁时升任云南禄劝县知县。吴作哲受命于危难，到任时正遭大旱，灾荒严重，饿殍时有目睹。他一到任，一面逐级上报朝廷，一面果断开仓放粮，赈济饥民，赢得了禄劝县人民的普遍赞扬，由此“吴青天”的美名，四处流传。《吴文林寿帐序》云：“先发后闻，此非俗吏之所能为，欲为之而亦不敢也。”

吴作哲任禄劝县知县十二年，以人民为天，廉洁奉公，当地人民安居乐业。乾隆四十三年，因家父逝世，离职守孝，百姓闻讯不约而同集聚县衙相送，恋恋不舍，痛哭流涕。守孝三年后，吴作哲被派遣到广东镇平县任知县，任期内采取措施大力鼓励发展生产，兴办书院，振兴教育，成绩卓著。

吴作哲的儿子吴鹏翱，受父亲的教养和影响，苦读好学，二十六岁中举，敕授修职郎，晚年任职于陕西旬阳县教谕。曾于嘉庆八年至十三年，用五年时间广涉陇南，登临山川，博询故老，遍访古迹，考古论今，去伪存真，探源溯委，诸皆不苟，广集资料，苦心著书，编著了《武阶备志》，收录于《四库》，陇南自此有了一部新志书。吴鹏翱“视功名为鸿毛，重职守如泰山”，人品高尚，广受赞誉。

故事中，先辈的那种勤学苦读的精神，爱国爱民的情怀，廉洁清政的作风，尊师重教的视野，敬老孝悌的品质，深深影响着后辈晚生，成为取之不尽的精神财富。

故乡的故事，应当记住，应当传承，更应当发扬光大。

农家乐

“农家乐”是一种新型的乡村旅游休闲场所，也可以理解为一种游乐方式，是社会发展到一定阶段的产物。乡里人有钱了，想进城看看，长长见识，开拓一下视野。城里人在高楼林立、车流不息、噪声不断、人杂拥挤、空气污浊的地方住久了，感到压抑沉闷，想换个地方放松放松。好多人愿意选择去乡村转转，体验一下农家生活和大美的自然风光。就这样，乡村旅游推动“农家乐”如雨后春笋，四处生发，蓬勃兴起，进而发展成一种产业。

“农家乐”充分体现了“农”“家”“乐”三个字，成为一个人们

喜闻乐见的休闲方式。它以“农”为根本，农民运用自家的庭院、田园、鱼塘、竹林、养殖场等，展示农村风貌和人们生产、生活的场景，体现广大农村不同特色的乡土气息和民俗风情。以“家”为载体，做好“三农”文章，让游人吃农家饭，干农家活，话农家事。菜肴本土化，立足农村，就地取材，吃时令新鲜蔬菜、山野菜。品尝农家烹饪调味，如土鸡、土鸭、老腊肉、溪水小鱼、老黄酒、蒸洋芋、烤红薯、煮玉米、煮毛豆，还有豆花面、凉粉、面皮、煎饼、窝窝头、发糕、洋芋搅团、酸菜面等。一个“农家乐”可以带动全村的产业和就业。以“乐”为情趣，老朋友聚在一起，泡杯清茶，聊聊天，说说往事，寻找农家的感觉，还可玩牌、下棋，放松一下紧绷的神经。一家人带上孩子、陪着老人，钓鱼、采摘，观赏自然风光，呼吸新鲜空气。年轻的朋友还可以游泳，打乒乓球、羽毛球，开展体育活动。有的“农家乐”还编排了具有地域风情特色的文艺节目，给人一种特别的愉悦快乐之感。

康县的“农家乐”起步较晚，起初只有县城周围的城关镇、王坝镇、岸门口镇为数不多的十来户“农家乐”，我也隔三岔五受朋友之约去转转，有时也同家人一起去散散心。走进旧式的农家小院子，看到各种各样的花草树木，顿时心旷神怡。冬天坐在阳光下，晒晒太阳，夏天坐在树影中、竹林旁，泡上杯清茶，煮上一壶老黄酒，聊着天，说着农家生活的变化，仿佛又回到了童年。想起了老祖宗曾经生活过的故乡，想起了慈祥的爷爷、奶奶、父亲、母亲、兄弟姐妹生活的往事，想起了邻居、亲朋故友相伴的年代。在闲聊的回忆中，可以体会到我们已经告别了那种挨饿受冻的历史，过上了温饱富足的生活。在“农家乐”吃饭，大鱼大肉已不是大多人的所好，点农家时蔬如萝卜、青菜、豆腐，煮洋芋、苞谷棒子，吃散面饭、杂面节节，换个口味，食五谷杂粮、健康食品，就是心中所想的美味佳肴，也是当今的时尚。

吃完农家饭，还可以在村子里串门，同农民朋友拉拉家常，听他们想什么，说什么，干什么，有时还可以掺和几句，参谋参谋。到田间地头看看，看庄稼长得怎样，种了什么菜，有什么要求，需不需要帮助。到山间林道上走走，散散步，观赏自然风光，开心开心。

“农家乐”作为一种新生事物，深受人们的喜爱，也顺应社会潮流。几年间，“农家乐”同新农村建设齐头并进，同乡村旅游、扶贫事业同步发展，成为“乡村游、致富路”上的一个重要的服务平台。悄然间，城里人双休日、闲暇时都跑到“农家乐”去休闲，就连单位上的接待都转移到了乡下。毕竟“农家乐”有着环境幽静、空气清新、价廉物美、味鲜实惠等优势，在同城里酒店宾馆的竞争中站上了制高点，并逐步向专业化、特色化方向发展。“惠香园”“陶然居”“竹林人家”“林海听涛”“聚德山庄”“梅园山庄”等一大批独具特色的“农家乐”在乡村山庄兴起。阳坝镇梅园沟景区的建成，王坝镇大水沟、何家庄，长坝镇花桥村，城关镇凤凰谷一批美丽乡村榜上有名，更把“农家乐”推上了高峰。县城酒店宾馆的老板们，为冲破“寂寞”“冷清”的场面，不得不做“战略转移”，到农村去租房装修，合资办“农家乐”，开展吃喝、住宿、玩乐、体育、游览观光“一条龙”服务，使“农家乐”更上一层楼，向着专业化、规模化进军，逐步缩小着城乡差距。“农家乐”的数量从起初的几家发展到几十家、上百家以至几百家。办好一个“农家乐”可使周边数户、几十户农民受益，不仅为青年人创造了就业机会，而且带动周围贫困户开展种植、养殖、加工等生产活动，为群众增加了收入。不少人依托自己的田园、庭院，种植蔬菜、栽红薯、务果树、点香菇、点木耳，经营茶园，养鸡、养鸭、养猪、养羊、养牛、养鱼、养蜂，就地出售，收益颇丰，走上了脱贫致富之路。

乡村旅游，生态观光，休闲度假，是人们改善和提高生活质量的需求，“农家乐”的发展自然是方兴未艾。康县这块地方，气候宜人，山清水秀，鸟语花香，风景优美，天然氧吧，休闲宜居，处处都是不要门票的森林公园，如果能顺应社会需求，创造条件投资开发，再多办一些诸如休闲度假村、老年养生山庄、少年儿童夏令营乐园、各类人才培训基地等，栽好梧桐树，引来金凤凰，农家乐的作用就更不可小觑了，依靠“乡村旅游致富”的思路将会变成现实。

2015 年夏月

择师而从

唐代著名作家韩愈在其散文《师说》中说："古之学者必有师，师者，所以传道授业解惑也。人非生而知之者，孰能无惑？惑而不从师，其为惑也，终不解也。"古为今用，从师学习是个社会规律，什么时候都是少不了的，然而若能做到择师而从，那就更好了。人在少年，不辨真伪，择师而从。人非圣贤，师非圣贤，学师之道要识道，学人之长要知长。三人行必有吾师，择优而从之。

有生以来，所遇良师益友颇多，有手把手的教诲，有书作言行的感染，有朋友的帮教，有上司的指点，所有这些都对我一生的做人做事，产生了深刻的影响。这里特别值得一提的是时任中共康县县委书记的刘守业同志，他是我的恩师。刘守业同志于 1980 年 6 月担任中共康县县委副书记，1982 年 7 月至 1986 年任中共康县县委书记。当时，我担任县委秘书、办公室主任，做服务工作。他出身于一个贫苦农民家庭，虽然文凭不高，但是善于自学，又多次接受党校和有关院校专业培训，文才出众，为人正派，工作务实。在康县工作期间，他正值年富力强，又逢改革盛世，积极践行"说实话，办实事，求实效"的工作作风，带领全县走改革之路，要求干部汇报工作实话实说，一是一，二是二，丁是丁，卯是卯，不浮夸，不隐瞒，使实事求是的传统得到良好的贯彻。看干部，选干部，用干部，也有独到的一手，用贤任能是他突出的特点。他形象地说：“用人就像农村木匠盖房子，大材大用，小材小用，大材小用是浪费，小材大用会误事。”他选人用人最喜欢到现场看看，实地考察。他认为眼见为实，耳听为虚。在他眼里千里马很多，重在实际发现。办事情，一件事决定了，安排部署了，就要跟上抓落实。表扬好的，支持干的，批评混的，处理捣乱的，能者上庸者下，在全县形成了一个良好的政治生态，大家都愿意卖力去干事情。

他很清廉，在康县工作六年，没有带家属，住办公室，吃职工大灶，逢年过节，没有人拜年送礼。然而，没有人拜年送礼就没有人情世故吗？非也，人情世故在心中。他一年四季，总是往下跑，有问题在基层解决，很少有人到办公室来汇报工作。他要求为人民办事必须办实办好，办得让群众满意。干部群众有什么问题，他总是热心帮助解决，大家对他非常拥戴。

1987 年刘守业同志调离康县，曾任陇南行政公署副专员、专员，甘肃省扶贫办常务副主任、省政协常委。我跟他一起工作，学到了很多宝贵的东西，一生享用，不敢忘怀。我不是为他立传，而是想择其要者记录下来，传于后人学用。他的功绩会有历史记载，岂容我草草几笔写完。

2008 年 8 月 15 日

择友而交

朋友在人际交往中甚为重要，最高境界是知心、知己。马克思、恩格斯是朋友，是神交，他们的友谊，任何人无法比拟。

自古以来，各阶层的人，上至达官贵人，下到凡夫俗子都有自己的朋友，有君子道义的挚友，也有小人禄利之苟合。俗话说得好，人以群分，物以类聚。交朋友在人生中尚不可或缺。

然而，交朋友是有学问的，古人言："近朱者赤，近墨者黑。"你如果交个良友，会给你一生的学习成长、做人做事产生积极的影响，对你有所帮助，让你终身受益。你如果交个损友，你就会受到不好的影响，甚至误入歧途，造成终生遗憾。所以，择友而交是非常重要的。人一生，父母是无法选择的，但朋友是可以选择的。人之相识，贵在知心，选择朋友重在看一个人的德行，交一个良友胜过很多财富。朋友这个词本应该是纯洁的称呼，但也具有两面性，有时候成为相互利用的工具。看一个人如何，首先看他跟哪些人走得近，同什么样的人做朋友。交友有三忌：一忌与涉黄涉毒涉赌涉盗的人交往，防止落入陷阱，不能自拔。二忌与黑社会混混交朋友，搞团团伙伙，防止上当受骗，走错路。三忌与忘恩负义、见利忘义、趋炎附势、别有用心的人交朋友，防止被人利用，办错事。交友也得相互了解，知己知彼，知根知底。

交朋友，首先要学会做朋友。善待朋友，种瓜得瓜，种豆得豆。种下仁惠的友谊，会得到真情的回报。朋友好比茶中佳品，淡而不涩，清香味纯，缓缓而来，细水长流。真心朋友，肝胆相照。不一定形影不离，但一定是心有灵犀。

相识满天下，知心有几个。我一辈子相识的人也不少，结交了许多要好的朋友、同学、同事，但一直保持真情友谊的并不多，唯黄俊武、王爱族、贾定成、冯彦科、田佐等几位友人终生难忘。他们是我的学友、文友、故友、挚友，几十年如一日保持着那种心有灵犀、清水长流的友谊。

黄俊武同志毕业于天水师专，当过教师，长期做宣传教育工作。我们相识于张掖社教，同事于康县做宣传工作。他是我的老师、上司，也是朋友。后来他做县志办公室主任，我任县委办公室主任，我们多有合作。我请他一起编写康县概览宣传康县，他邀我担任县志编纂委员会副主任，一起组织编写《康县志》。一部巨著完成后，他回归教育部门，担任县教委主任，呕心沥血于康县教育事业。退休后，还不忘为康县教育出力，曾经组建康县贫困优秀学生救助会，多方筹资，资助了大批贫困优秀学生。其间，聘请我为救助协会名誉会长。工作中我们也曾分开过，但我们的友谊从未断过。我们思想投机，相互信任。无论何时何地，有什么事情，有什么难处，都是相互关照，相互开导，相互帮助。

王爱族同志，我们相识于 1975 年，一起在康县县委报道组共事，结为知心朋友，写文章相互切磋，生活工作相互关心，像亲兄弟一样。后来爱族同志调到省劳动人事厅工作，我仍然多年在基层，也没因此而忘了老朋友。我工作的地方，无论是林业总场，还是礼县，都曾有他的足迹，有他的影子，有他的帮助，他说不看看心里不踏实。就连我的孩子们，他都是很关心的，娃娃们个个尊敬地称他为王叔叔。儿子杨立文在兰州上学，吃住、学习、安全都由他操心，出校后工作也是无微不至地关心，像待自己的孩子一样看待我的孩子。说他是另一个自己，一点儿也不过分。退休了，我们也是相互牵挂着。家里有什么事情，总要相互走走看看。2015 年我们相邀两家人在海南三亚过春节，一起看大海，逛大街，一起下棋，一起聊天，谈天说地，好不快活。

贾定成同志是我的中学同学，大学研读铁路专业，毕业后一直从事祖国的铁路事业，曾任西昌铁路分局、成都铁路局局长，几十年间保持着友好联系，工作、学习、生活相互关心，相互帮助。冯彦科、田佐等同志既是同事，也是挚友，多年保持着密切联络。

结识几个知心朋友，真是一生的幸福，快乐无穷。

2015 年 9 月 9 日

招财进宝议

招财进宝这个词，在古时多用于社会交往、传递感情、表达吉祥和对幸福生活的美好愿望，反映了民间风尚和习俗。古代的方孔元钱常有招财进宝的文字，有恭喜发财之意。

招财进宝出自元代戏剧家刘唐卿剧本中的“招财进宝臻佳瑞，合家无虑保安存”，写的是东汉时期，今河南汝南县人蔡顺，父亲早逝，母亲独自一人含辛茹苦把蔡顺抚养成人，蔡顺知书明理，对母亲百般孝敬，感动了神灵，天降桑葚，为其母亲充饥治病的神话故事。蔡顺作为行孝典范，被收入二十四孝，成为世代人们敬老孝老的学习模范。

从广义而言，招财进宝有发财致富的意思。改革开放以来，乡村把发展生产、聘请科技人员称为招财进宝。后来，人们把招商引资，引进科学技术、引进建设项目也称为招财进宝。

前不久我抽空回故乡，我的家乡也变化很大，村里通电通水通路架了桥，还新建了文化广场。庄里的巷巷道道都硬化了，再不用走泥泞路了，房子刷得焕然一新，路边种上了花草，河道治理也井然有序。看了让人兴奋，我写了两首小诗加以赞扬，一首是：“桥头看流水，广场听笑语。堤上垂柳动，路边花草奇。”一首是：“昔日烂泥村，而今面貌新。植梧金凤落，致富众乡邻。”

打造乡村旅游也不失为一条很好的致富之路。有一件事情，挺有意思。我的老家门前长着一棵百年古树，名叫药木树，搞工程的人给做了个树围。设计了个元宝，让树长在其中，并刻了“招财进宝”四个字，加以保护和装点。寓意这个大树，树大根深，受天地精华滋养，枝叶繁茂，又是古老的木本油料树，好似一棵招财进宝的摇钱树。

然而就是这个“作品”吸引了好多人参观，有人为此叫好，说寓意深刻，也有人为之摇头，另存别意。我看大可不必争议，君子爱财取之有道，良好祝愿未尝不可。我们的国家也像一棵大树，受天地精华滋养，日月光照，众人抚育，枝叶繁茂，硕果累累。又像一个金盆玉钵，得益于改革开放，大量吸引外资，引进海外科技，活跃市场，赚得盆满钵满。有什么不好？招财进宝是我们民富国强的法宝，是我们实现民族复兴中国梦的有效途径。这既不是祈求，也不是贪婪，只要道正，有财就招，有宝就进，何乐而不为。

招财进宝孕育着孝心，象征着吉祥，携带着财富，是古人优秀思想文化的结晶，是中华民族灿烂文明的花朵，更是建设富裕文明幸福生活的期盼，我们何不高举这朵美丽花朵健步向前？

2018 年 9 月 9 日

蜜蜂与秘书

近日翻阅唐诗，读到罗隐咏蜂诗："不论平地与山巅，无限风光尽被占，采得百花酿成蜜，为谁辛苦为谁甜。"偶尔想起秘书这个职业，似乎与蜜蜂的工作程序有些相近。蜜蜂酿蜜有采花、酿蜜、出成果的过程，秘书写文章大概也是这样，要收集资料、酝酿构架、写成文字。当然这只是秘书工作的一部分。

做秘书不容易，做好秘书更不容易。秘书是个辛苦活，任务很复杂，如办文、办会、办事、沟通协调，综合服务，为领导当参谋辅助决策等等，都是秘书的事。就党政秘书的文字工作而言，做得能让领导满意，有好的口碑，也是比较艰苦的事情。当好文秘，必须具备蜜蜂的品质和勤劳的精神。要勤于学习掌握渊博的知识，勤于调查研究搞好资料积累，勤于练出写文章的本领，还要站得高看得远。你是哪一级的秘书，就要站在哪一级的层面看问题，想事情。写文章要高屋建瓴。给领导写讲话稿，就要站在领导的角度发声说话，要注意领导的风格，看他平时喜欢想些什么事，讲些什么话。口是心的门户，应留意观察，记住主要的言论，并加以整理，用时方便。同时，时时事事都得谨慎小心，力求不出错或少出错。有个做秘书工作的同事，写了这样几句话，作为对文秘工作的感慨。他写道："帷幄方寸地，灯下苦耕田。勤奋真知出，心花香满园。"

秘书工作历史悠久，古今中外有之，只是称谓各异，内容不同而已。我国秘书之职业、职务始于夏商周，经过历朝历代几千年的变化，当今实现了秘书工作的社会化、职业化。以白话而概括：秘书岗位与领导岗位相伴而生，有了领导便有了秘书的存在，秘书与领导的关系是一种有别于同事关系的特殊关系。在当今特定的历史条件下，我们的所有工作都是为人民服务，这是我们的宗旨和信仰决定的。所以我们的秘书工作，为领导服务就是为人民服务。罗隐借蜜蜂感叹："采得百花酿成蜜，为谁辛苦为谁甜。"无论罗隐的本意如何，我这里借蜜蜂比喻秘书工作，答案是肯定的，就是为民众"采花酿蜜"，为社会服务，为人民服务。

2008 年 1 月 6 日

走进延安

延安是革命圣地，中国革命的摇篮，瞻仰延安一直是我的一个心愿。2002年春去西安，有机会到延安参观学习。

走进延安，踏上革命圣地的黄土，闻着春风细雨送来的泥香，行走在毛泽东、朱德、刘少奇、周恩来等老一辈革命家曾经住过的窑洞前，听着讲解员仿佛身临其境的讲述，看着那一孔孔狭窄、阴暗的窑洞，一件件简陋的木制桌、椅、板凳和木板床的简单陈设，一幅幅充满历史记忆的图片和文字，不禁感慨万千，崇敬之心油然而生。这里是当年中共中央所在地，是中国革命战争的指挥中心，在这里曾发生过很多惊天动地的事情。以毛泽东为首的老一辈革命家，以特有的雄才伟略和运筹帷幄、决胜千里的气魄，指挥了抗日战争和解放战争的胜利。毛泽东就是在这阴暗窑洞里的小油灯下，写下一篇又一篇决定中国革命方向、指挥中国革命的光辉著作。为了战胜日寇和国民党的经济封锁，毛泽东曾在这里发出“自己动手，丰衣足食”的号召。毛泽东亲自种菜，周恩来亲自纺线，朱德亲自指挥，王震将军带领三五九旅官兵开垦南泥湾，走出经济困境。

看过延安革命纪念馆，游览了宝塔山，瞻仰了枣园、杨家岭、王家坪、凤凰山革命旧址，参观了中共七大和洛川会议会址，给人最大的收获，就是重温和学习了伟大的延安精神。延安精神是中国共产党经过长期革命实践积累所形成的一种巨大的精神财富。坚定正确的政治方向，实事求是、理论联系实际的思想路线，全心全意为人民服务的根本宗旨，自力更生、艰苦奋斗的创业精神，就是延安精神的本质所在。延安精神不能丢，不论过去、现在和将来，它都是我们党领导全国人民不断从胜利走向胜利的思想保证和精神动力，必须永远继承和发扬，使延安精神永放光芒。

在延安学习期间，听了许多战略性的大故事，也听了一些小故事。有毛泽东在延安“挨骂”的两个故事，听了发人深省，受益匪浅。一个是 1941 年 6 月，陕甘宁边区政府在延安的杨家岭小礼堂召开县长联席会议，讨论征粮和农民负担问题。会议期间突然打雷下雨，一个炸雷击断了礼堂的木柱，坐在附近的延川县代县长李彩云不幸触电身亡。同一天一位农民的一头驴也被雷电击死了。消息传开，人们议论纷纷，这位农民发牢骚说：“老天不开眼，雷把县长劈死了，为啥不劈死毛泽东?”保卫部门闻讯追查，逮捕了这个农民，并要公开处死，杀一儆百。毛泽东知道后，立即阻止了保卫部门的行动，并说：“群众发牢骚，有意见，说明我们的政策和工作有毛病，我们共产党人无论如何不要造成同群众的对立局面。党群关系好比鱼水关系，共产党是鱼，老百姓是水，水里可以没有鱼，鱼可永远离不开水啊!”

另一个故事也和雷有关系。农妇伍兰花的丈夫在山上用铁犁耕地时，不幸被雷击死。伍兰花悲痛中大骂“世道黑暗，官僚横行”，言辞激烈。中央社会调查部闻讯拘押了伍兰花，保卫部门建议严惩。还是毛泽东阻止了这件事，并严厉批评：“你们不能这样做嘛，中央设立社会调查部，不是设几个官位，如果不做调查，就随便抓人、杀人，这是国民党的黑暗做法，就此而论，人家骂得就有道理呀!”当天，毛主席让有关人员把伍兰花带来，经详细了解，得知伍兰花家共六口人，七十岁的婆婆是个瘫痪病人，三个娃，大的才十岁，小的还不到三岁半，里里外外靠丈夫撑着。1935 年红军来了，她家分了五亩地，头几年还好，粮食吃不完。这几年变了，政府征粮多了，干部还多吃多占，粮食不够吃。如今丈夫死了，家里的顶梁柱没了，日子没法过了。毛主席指示保卫部门：“把这个妇女马上放了，还要派专人带上文件护送她回家，向当地政府当面讲清楚，她没有什么罪过，是个敢讲真话的人，政府要给予照顾。”伍兰花回家后，对乡亲们讲述了自己在延安的情况，大家高兴地说：“宰相肚里能行船，将军头上跑快马，毛主席太了不起啦!”

毛主席通过这些事，举一反三，深刻反思，下决心改进工作，解决“公粮太重”“鱼大水小”的问题，实行“精兵简政”，发展经济，减轻农民负担。1945 年 4 月 24 日毛泽东在党的七大政治报告中强调指出：“有无认真的自我批评，是我们党和其他政党互相区别的显著标志之一。”从此，批评与自我批评，理论联系实际，密切联系群众，成为中国共产党必须永远保持和发扬的“三大优良作风”。“一滴水能见太阳”，正确处理一件事情，可见共产党的伟大。我们若能永远坚持“三大优良作风”，就能永远立于不败之地。

2003 年 7 月 1 日

走近孔子

步入曲阜，走近孔子，在高大圣贤的孔子雕像前，恭恭敬敬地深深地鞠个躬，感到无比的崇敬、亲切和自豪，那种敬仰之情，顿时从血液里流遍全身，涌上心头。

跟着导游，听着讲解，恭敬于礼。看过孔庙、孔府、孔林，似乎进入了“孔子世界”。孔子生于公元前 551 年，公元前 479 年与世长辞，距今已有两千多年的岁月。然而，岁月如过眼烟云，孔子却如云烟中的山岳，巍然屹立。因孔子发端的儒家思想，已经浸入中华民族的血脉，成为这个伟大民族的思想基因。

孔子被称为圣人，神居庙堂、高高在上。

孔府被称为圣府，漆黑大门上，两边金字对联金光耀眼：“与国咸休安富尊荣公府第；同天并老文章道德圣人家。”这便是后世对孔子及其思想的历史评价。

孔林即为孔墓，松柏参天，万树成荫，更有“五柏抱槐”传为佳话。

汉代以来，孔子高享尊崇，屡受加封，有着“素王”之美誉，成为“万世文官祖，百代帝王师”。在孔子故里，看到许多碑文，如“德浮天地”“道冠古今”“万世师表”“至圣先师”等，饱含崇拜之情。有人说，孔子是崇山，高峻巍峨，万众仰之；孔子是大海，博大深邃，百川归之；孔子是暗夜的明灯，点亮了人的心灵，照亮了历史的夜空。一部《论语》，犹如宇宙之星光，给人以无穷的智慧。孔子关于“仁政德治”的主张，成为封建社会的正统思想，作为古代优秀文化，至今有着积极而深远的影响。

孔子不是神人，而是圣人，是一位食下锅之米、行人间之道的文化巨星。孔子思想的形成，不是与生俱来，而是对社会观察感悟的结晶。用现代的话说，就是调查研究、实事求是的结果。孔子是历史上伟大的思想家、教育家，终生秉持以人为本，把一生心血都用在对人的教化上。教育人们如何做人，如何做事，如何为官理政。他培养的三千弟子、七十二贤人，皆为孔子思想的传播者，为社会提供了巨大的“正能量”。

孔子也是一个有梦想的人，“日有所思，夜有所梦”。他梦想的社会，是一个“天下为公”的“大同世界”，是一个“路不拾遗，夜不闭户”的和谐社会。他积极倡导“仁、义、礼、智、信”，以“仁”为核心，强调能行五者天下为仁矣。恭、宽、信、敏、惠，“恭则不侮，宽则得众，信则人任焉，敏则有功，惠则足以使人”。提倡“温、良、恭、俭、让”“礼之用，和为贵”，真可谓“诲人不倦”。

孔子教化人，以劝学做起。苦口婆心，提醒人们要“笃信好学”“学而不厌”“学而时习之”“温故而知新”“三人行，必有我师焉”。告诫人们“玉不琢，不成器。人不学，不知道”，“知之为知之，不知为不知，是知也”。

孔子教诲人们，做人做事要：“志于道，据于德，依于仁，游于艺”“言必信，行必果”“君子爱财，取之有道”“人无远虑，必有近忧”“其身正，不令而行，其身不正，虽令不行”“先行其言，而后从之”“欲速则不达”“工欲善其事，必先利其器”“吾日三省吾身”“过而不改，是谓过也”“仁者爱人”“人之行，莫大于孝”“智者上善若水，海纳百川。仁者高山仰止，厚德载物”。

孔子胸怀像大海一样宽广，一生致力于“修身、齐家、治国、平天下”，主张“大道之行也，天下为公”，“君子务本，本立而道生”，“四海之内皆兄弟”，“有朋自远方来，不亦乐乎”。人类本住一个“地球村”，应共同建造一个和平、幸福、快乐的“命运共同体”。一部《论语》，半部天下。孔子老了仍不忘自己的梦想，废寝忘食，整理《诗》《书》《礼》《乐》《周易》《春秋》，留下“六经”，集古圣贤之大成，犹如银河之星辰，智慧之源泉，引导人们修道立德，正道前行。孔子思想是中华民族的优秀文化，也深受世界各国的推崇。目前全球已在一百多个国家和地区开办了五百多所孔子学院，一千多个孔子课堂，深受世界爱好和平的人们喜爱，影响深远。孔子思想正以其博大的胸怀拥抱整个世界。

人心齐，泰山移。只要正确继承中华优秀文化，不忘初心，朝着目标奋进，建设一个平等幸福美好社会的梦想就一定能够实现。

2018 年 6 月

也说孝道

《孝经》曰："夫孝，天之经也，地之义也，人之行也。"孝为"德之本，教之所由生也"。话说教育的"教"字，本由"孝"和"文"组成，以孝道人伦为基础，一切教育随之而展开。"教之以孝，所以敬天下之为人父母也，教之以悌，所以敬天下为人兄者也。"家是最小国，国是千万家，家和万事兴，国顺天下平。孝道是中华民族的传统美德，是道德责任，也是法律责任，更是为人之本。"人之行，莫大于孝。"凡德善之人，成功之人，首先是知孝之人。

"道可道，非常道。"孝道是人生永恒不变的道义，古今圣贤无不为之推崇。孔子在《论语·学而》中说："入则孝，出则悌，谨而信，泛爱众而亲仁。行有余力，则以学文。"认为"孝悌之至通于神明，光于四海，无所不通"。"孝至于天，月为之明；孝至于地，万物为之生；孝之于民，王道为之成。"元代学者郭居敬所编的《二十四孝》成为孝文化的经典，广为流传，影响颇深。中华民族的"孝文化"，随着时代的变迁，社会的进步，人们物质、文化生活的改善，不断赋予新的内容。文明、和谐、诚信、友善的价值观，为"孝道"的发展补充了新的内涵。古人对"孝道"有诸多论述，其定义也各有不同。而今进入了新时代，如何释道尽孝，笔者愚钝，不敢妄言，但觉感悟有三。

其一，珍爱生命，健康平安，视为首孝。孔子曰：“身体发肤，受之父母，不敢毁伤，孝之始也。”儿女是父母的心头肉，父母含辛茹苦，哺育子女成长，都希望孩子健康、平安、幸福，希望孩子远离有害的东西，防止危险的事情发生，健康地生活，正常地工作，成就一番事业。千万不要用生命去索取身外之物，不要以透支生命为代价去追求过度的欲望。用命换钱划不来，用钱换命换不来。“一失人身，万劫不复。”某市副市长因贪腐落马坐牢，气死了疼爱他的母亲，自己哀叹“父亲已经80多岁，恐怕再见不上面了”。某官员位高权重，给祖先的坟墓虽修得阔气排场，但因违纪违法判了重刑，一时的“光宗耀祖”成了泡影。更有人以身试法，丢了生命，没了尽孝的资本。还有人作孽玩命，打架斗殴，吸食毒品，自残自伤，自寻短见，等等。凡此种种，皆为对父母的大不孝，愧对亲人、悔之晚矣。生命是父母给的，不可挥霍；身体是祖先的血脉，不可作践。好好活着，才能尽孝道。

其二，尊亲敬亲，终身善待，视为常孝。人生最深的恩情，莫过于父母的生恩养恩，父母就是天，这是人人都明白的道理，无须来说。为人之子，尊敬父母，赡养父母，行孝尽道，天经地义，既是义务，也是责任，更是做人的道德。孔子在《经孝行》中说：“孝子事亲也，居则致其敬，养则致其乐，病则致其忧，丧则致其哀，祭则致其严。”“谁言寸草心，报得三春晖”，父母的养育之恩是终生难于报答的。当今社会，吃饭穿衣，温饱之事，已基本不是什么大问题，但孝敬老人仍然是千万不可疏忽的大事，“子欲养而亲不待”啊！多少老人因子女工作不在身边，而深感孤独寂寞，多想儿孙回家看看，一起说说话，聊聊天，享受天伦之乐，哪怕抽时间打个电话，问候一声，也是一种安慰。多少老人年迈体弱，卧床不起，生活无法自理，含泪苦熬，多想儿女能多操点心，给予照顾。父母心里想得最多的是生前的快乐和幸福，死后的祭祀更多是给别人看的，并不那么重要。《红楼梦》中，“好了歌”有句感叹之言：“痴心父母古来多，孝顺儿孙谁见了!”此言也不尽然，甚至有些偏颇，不过也从反面提醒人们尽孝的责任和担当。“百善孝为先”，一时之孝容易，一世之孝难能可贵。

其三，抱得善心，行为合道，视为大孝。孝道是无始无终永恒存在的，尊亲、敬亲、事亲、奉亲，固然是一个重要方面，然而尊道、从道、守道、行道才是真孝、大孝。清代皇帝康熙教子庭训格言说：“人尽孝道欲得父母之欢心，不只在于穿衣、饮食方面的奉养，常抱持一颗善心，行为合道，以此告慰父母而得欢心，才称得上是真正的孝啊。”宋代曾有“岳母刺字”的传说，岳飞的母亲教训儿子守死善道，竟亲手用绣花针在岳飞脊背刺上“尽忠报国”四个大字，并涂上醋和颜料，让其永不褪色。不少父母再三叮嘱儿女，要继承先人的志向，完成前辈的未竟事业，体现对长辈的孝敬。诚然，孝敬老人也并非绝对的盲从，父母也是普通人，不是完人，更不是圣人，也会有偏颇的理念和不当的行为，遇到这种情况必须从义礼谏，委婉劝诤，要坚持“从义不从父”的原则。这样，才能心安理得，才是真正的孝道，才能使孝道沿着正确的方向前行。

生命与灵魂

这个世界是公平的，给予每个人的生命只有一次。俗话说："人活一世，草生一春。"人生旅程是短暂的，春去秋来，草木枯荣，有花开枝头的绚丽，也有花落叶枯的萧条。人也一样，不论你平凡也好，辉煌也罢，只是寿龄不同，瞬间身后都是一个戛然而止的句号。

然而，人与草木不同。草木可以再生，"离离原上草，一岁一枯荣，野火烧不尽，春风吹又生"。冬去春来，仍会生机勃发，发芽、开花、结籽。人却不会死而复生，稍有不慎就会留下终生遗憾。生命是最最珍贵的，是父母的最大遗产，珍爱生命就是对父母的最大孝敬，也是对自己、对家人的贴心负责。生存，才会有幸福的存在和希望，才能有建功立业的资本和机会。

有人说得好，人生就像一本书。生，就是序，由父母写好；死，就是跋，任后人评说；唯有生死之间的这段正文，自己才是名副其实的主笔者。这段正文如何写，怎样才能写好，各有各的写法，不论做官还是为民，不论经商还是做学问、搞技术，都有其中之道。中国传统的优秀文化，包括儒、释、道，已把为人之道讲得清清楚楚、明明白白。写好人生这篇大文章，删繁就简，首先得学会做人。写"人"易，做"人"

难，古往今来，文章多多，写人、做人是永远的主题。那么，怎样才能学会做人，做一个好人，做一个贤人呢？做人应当有做人的境界，做人的原则，做人的底线。该做的努力做好，不该做的坚决不做。本本分分做人，踏踏实实做事。违法的事情不做，损人的事情不干，有悖良心的事情不为。“勿以善小而不为，勿以恶小而为之。”不是每个人都要做什么大事，做惊天动地的事，而是量力而行，做些对社会对人民有益的事即可。珍惜生命的宝贵，保持平凡而淡静的生活，不要以透支前途和生命为代价，去追求虚无缥缈的东西，不要用生命去索取身外之物。钱，有命挣没命花，一切都是白搭。用命换钱、求乐，不值得；用钱买命、求救，悔之晚矣。学会做人，能把这段正文写得健健康康，快快乐乐，顺顺当当，便是人生的成功。

人的生命要靠思想修养、智慧的积累来充实。这样，生命才有分量，否则，便只是一具躯壳。灵魂一旦扭曲，就会滋生无端的心魔，误入歧途、危害无穷。《三字经》里说：“人之初，性本善，性相近，习相远。”也就是说：人性本善良，习惯有差异，好的习惯要靠人的教育去养成，纯净的心灵要靠优秀文化来塑造，靠不断地学习来充盈。一些违了法、犯了错的人，也不是生来就坏。古往今来，那些位高权重的贪官，若是生来就坏也到不了那么高的位置。寻根问底，还是思想灵魂出了问题。他们在人生路上没有经受住权位、钱财、享乐诱惑的考验，地位高了，条件好了，生活环境变了，即成为图谋不轨者的“进攻”目标，在“糖衣炮弹”面前吃了败仗，当了俘虏，甚至成为阶下囚。他们的忏悔也许是真言，灵魂的扭曲，心魔的入侵，害了他们，害了家人。贪欲是自个儿挖的陷阱，以致不可自拔。

欲望，是一把“双刃剑”。无欲，则没有目标，缺乏动力；欲望若超出做人的规范，就会走上邪路。换个角度说，无欲也是一种欲望，是一种高尚的境界，任由红尘滚滚，我自清风朗月，刚正不阿，百毒不侵。

珍爱生命，守住灵魂，把握底线，好好做人，做一个纯真的人，做一个朴实的人，做一个有益于公众的人，生命才算丰盈，人生才算圆满，你的那段正文才算写得精彩。

2018 年春天

前进与拐弯

有人说："人在行进的路上就是两件事，前进和拐弯。"前进需要毅力，拐弯需要智慧。要到达彼岸，选择坚持；路不通时，选择拐弯。水能直到大海，就是因为它巧妙地避开了所有的障碍，不断拐弯前行。山不转水转，是水具有高超的智慧。人生天地间，有"两条路"，一条是自然之路，一条是人生之路，都需要认真走好。

自然之路，开拓在山、水、沟、壑之间，不可能一直平坦，也不可能一直笔直，就是一条条走不完的崎岖之路。山不转，路转。水不让，绕道。走过一些路，就知道辛苦；登过一些山，就知道艰难；蹚过一些河，就知道跋涉；跨过一些坎，就知道跨越。行路也是一种历练，是一种智慧的积累。

人生之路，有顺意、有艰辛，同样会有许多沟坎需要跨越。生活之味，有甘甜，有苦辣，总有许多咸涩需要品尝。遇到苦难，无须逃避；生活百态，坦然面对。爱因斯坦曾说："人的最高本领是适应客观条件的能力。"达尔文说得更透彻："适者生存。"用通俗的话说，就是要学会"拐弯"，善于"拐弯"。目标已定，遇到险阻，拐个弯走。凡事看远些，以实现理想为目的。不论是务农的、做工的、经商的、从政的、从军的、搞科学技术的，都会遇到这样那样的困难，都会有爬坡过坎的时候，原先设想的路走不通时，就得拐弯儿，变个道儿继续前行，直至达到目标。遇上想不开的事，解不开的疙瘩，也许换个位儿，转个弯儿，就想开了，解开了。

人生就是一次旅行，一路艰辛，一路风景。拐弯是一种前进的方式，演绎着千差万别的不同人生，众多成功人士也许就是他们在打拼路上拐好了弯儿，拐得适时、拐得巧妙，拐出了成果，他们是智者。相反，那些“不撞南墙不回头”的是盲者，“一条路走到黑”的是愚者，“不见棺材不落泪”的是蠢者。此路不通，何不选择拐弯呢?

不过，拐弯也是有学问的，同样是拐弯，有人拐好了，有人拐瞎了。有人把正道走绕了，走了太多弯路；有人把正道走反了，走上了不归之路。屈原曾说：“路漫漫其修远兮，吾将上下而求索。”屈原的“上下而求索”，是正道上的求索，是为国为民的求索，是探索“天下为公”的求索，方向是明确的。前进路上可以拐弯，但信仰、气节、人品上是不能拐弯的。

漫漫的人生路，本就曲曲折折，眼光不到，易走错路。所以，看得清比走得快更重要，因为走得对才能走得远。人活一世，只要心存善念，就会勇往直前。前进和拐弯其实是一致的，拐弯是为了继续向前。

2018 年 8 月 8 日

屁股坐哪儿

屁股坐哪儿？似乎是一个不成问题的问题，对于一般人来说，需要坐的时候，想坐哪儿，就坐哪儿，再自由不过。农民坐田间地头，工人坐工棚机旁，商人坐店铺商场，学生坐教室课堂，军人坐兵营操场，随便落座，舒服就好。

曾几何时，屁股坐哪儿，被赋予政治的含义，成为政治人物路线选择的分界线；曾几何时，屁股坐哪儿，又成为做人道德的分水岭，成为善与恶的区别。

细览历史群书，方知“屁股坐哪儿”并非简单的命题，“得民心者得天下”，是一个千古不变的定律。中国几千年的文明史，“你方唱罢我登场”，演来演去，始终没有脱离这个历史规律。所以毛泽东同志一语道破天机：“历史是人民创造的。”

基于这个思维，毛泽东领导中国革命把“为人民服务”确立为共产党的宗旨，定为全部工作的基本标尺。毛泽东的屁股始终坐在人民一边，他说：“我们共产党人好比种子，人民好比土地。我们到了一个地方，就要同那里的人民结合起来，在人民中间生根开花。”根据这个思想，毛泽东同志领导全党依靠人民，团结人民，形成比铁还硬，比钢还强的战斗力量，一举夺取了抗日战争的胜利，推翻了国民党的黑暗统治，建立了属于人民自己的新中国。

社会主义建设的年代，新中国“摸着石头过河”，走着前人未曾走过的路。虽然经历过一些弯路，但为民执政的大方向从未改变。毛泽东和他的继承者们，始终不忘初心，牢记使命，把人民的利益放在首位。半个多世纪以来，坚持自力更生，艰苦奋斗，改革开放，开拓进取，带领人民群众奔小康，走上了民富国强之路。

一路走来，从毛泽东的“为人民服务”到习近平同志提出的“以人民为中心”和“构建人类命运共同体”，无不闪耀着全心全意为人民服务而努力奋斗的光辉。

“屁股坐哪儿”，这话听起来有些土气，但确是一个永恒的大道理。历史反复证明，凡是人民拥护的，就是正确的，就能行得通；凡是人民反对的，就是错误的，甚至会走向反面。不论什么时候，做什么事情，你心中有人民，人民心中才会有你。一个人做点好事并不难，难的是一辈子做好事，做有益于人民的事。这是一个做不完的答卷，每个人都必须用心去答，做出智慧的选择。

2018 年 11 月

看《人民的名义》有感

看电视剧《人民的名义》，深受教育，感触良多。

人民，别称群众，或老百姓，泛指以劳动群众为主体的社会基本成员，是个政治群体概念。

人民，是社会物质文明和精神文明的建设者，更是历史文明的创造者。精通世界历史和中国历史的毛泽东同志曾精辟地论述："人民，只有人民，才是创造世界历史的动力。"当年，以毛泽东同志为核心的中国共产党，领导全国人民推倒了"三座大山"，建立了新中国，并对国家政权机构建设做了精心的顶层设计。全国和省、市、县、乡设立人民代表大会和人民政府，县级以上设人民法院和人民检察院，宣告"一切权力属于人民"，人民是国家的主人。我们的军队命名"中国人民解放军"，许多重要办事机构的名称都冠之以"人民"，如人民日报、人民广播电台、人民银行、人民大学、人民医院等，连大会堂也称"人民大会堂"。从此，以人民的名义办人民自己的事情，以人民的名义审判人民的敌人和各类犯罪分子，实现了人民民主专政。以人民自己的力量建设和保卫自己的国家，维护自身的权益。老一辈革命家怀着对未来美好的憧憬和崇高的理想，实践着共产党人"为人民服务"的宗旨。

同时，千方百计捍卫着人民自己选择的社会主义道路和人民政权。人民的名义，无上光荣、无限伟大。

我曾当过四届县人民代表大会代表，每当步入代表大会会堂，看到“一切权力属于人民”和“人民当家作主”的标语时，心里总是无比激动，热泪盈眶，为自己的国家所选择的道路而骄傲，为做人民的代表而自豪，并暗暗下决心，不负人民重托，在自己的职责内，把人民的事情办好。不能做到让人民十分满意，也要做到问心无愧。

“人民”这个概念是抽象的，也是具体的。说其抽象，是因为“人民”是个群体概念；说其具体，是因为群体是由若干个体组成的。这样，问题就来了，“人民”往往被“模糊”了。有人讥讽说：“人民是上帝，人民是天，人民是地，越想越伟大，但越找越找不着。”平日里说，群众利益无小事，但遇个人有事上访，受访者却说：“你不是群众。”上访者问：“政府不是‘为人民服务’吗?”工作人员说：“你是人民吗?”这让被概念化的“人民”感到无奈，没个说理的地方，无法理解。如何让人民生活得幸福且有尊严，日子过得快乐且公平，人民真正有权利且有保障，是个非常具体而复杂的事情了，不可有半点马虎。习近平同志讲：“以人民为中心”，“人民对美好生活的向往，就是我们奋斗的目标”。这句深入人心的名言，应为全党、全体人民公仆的“座右铭”。

人民当家作主，权力至上，无可置疑。然而按照“民主集中制”的原则，“民主”总得有人“集中”，有人代表人民掌权。这里“人民当家作主”“与为人民当家作主”，并不矛盾，关键是看人民选择的代表人、掌权人是什么样的人。如果选择了一个心中有民、心中想民，真心实意为民办事的人，那人民就大可放心了。如果选择了一个利用

“人民的名义”，台上讲得花言巧语，天花乱坠，台下私藏祸心，干着不可告人的事情，那就走向了人民的反面。他们把国有资产私有化，却美其名曰“改革开放”；官商勾结捞钱，还说是“支持民营企业”；卖官买官，行贿受贿，还高喊“选拔人才”；滥用职权、为亲友办事、捞取好处，认为是“有权不用，过期作废”，不以为然。“人民的名义”被利用、被虚化，人民的主体与官本位奇怪地结合在一起，谁有权力，谁就代表人民，这是一种沉痛的悲哀。

人民的力量是伟大的。以史为鉴，秦亡汉兴，改朝换代，你上我下，新陈代谢，吐故纳新，无不是人民的力量发挥了决定性作用。人民有时像平静的湖面，犹如“潭面无风镜未磨”，有时却又像暴风骤雨，翻江倒海。正所谓“水能载舟，也能覆舟”。毛泽东同志把从西柏坡到北京城，形象地比作“进京赶考”，告诫全党：“务必使同志们继续地保持谦虚、谨慎、不骄、不躁的作风，务必使同志们继续地保持艰苦奋斗的作风。”“两个务必”是指导全党保持同群众血肉联系，团结带领人民战胜前进路上各种风险和挑战，不断从胜利走向胜利的“法宝”，是确保走出“其兴也勃焉，其亡也忽焉”历史周期律的“指路明灯”。“两个务必”要求全党和各级干部时刻保持清醒头脑，不忘初心，牢记使命，是“人民名义”的基本要求，务必遵循。

2018 年 7 月

人生如茶

“茶里乾坤大，壶中日月长。”喝茶解渴，饮茶享受，品茶悟道，茶文化在中国已有一千多年的历史。茶祖叭岩冷、景迈种茶，茶圣陆羽作《茶经》，诗人卢仝写茶歌，宋代皇帝赵佶著《茶论》，郑板桥书《茶联》：“楚尾吴兴，一片青山入座；淮南江北，半潭秋水享茶。”文坛有“李白如酒，苏轼如茶”之说，读苏轼诗文染茶味清香。茶给人以人生的感悟、心灵的静化、记忆的收藏。

品茶是一种心境，品的是味，静的是心，涤的是魂，悟的是道。滤去浮躁，沉淀深思。杯中茶由淡变浓，由浓变淡，浮浮沉沉，聚聚散散，苦涩清香，人生如茶。

人生如茶，不过“一拿一放”。拿得起是一种勇气，一种担当。放得下，是一种智慧，一种悟心。拿不起，就会一事无成，放不下，就会自寻烦恼。想开了自然微笑，看透了肯定放下。

人生如茶，经住“一起一落”，像端茶瓯那样，起落自如。起时不骄不傲，落时不怒不恼。错对得失，难求完美，心平气和，顺其自然。

人生如茶，深思“一满一空”，谨慎思索，虚心面对。满了容易外溢，空了华而不实。既不拘泥于已有的成绩，也不因自身的弱点而自卑。满招损，谦受益。

人生如茶，品尝“一浓一淡”，浓淡有度，适合自己就好。每个人都有自己的口味，有人喜欢浓，有人喜欢淡，浓淡可以自己选择，不必同别人相比。如意不在别人眼里，而在自己的心里，自己喜欢，就是如意。

人生如茶，不惧“一热一凉”，世事炎凉，人间常态。人生有喜有悲，生活有苦有乐。在位时茶热得发烫，不在位时人走茶凉，这是常有的事，不必在意。只是得意时要看淡，不要盛气凌人，失意时要看开，不要一蹶不振。不论什么人，都是天地的过客，要保持心态平衡。

人生如茶，不惊“一沸一静”，沸静坦然，举止泰然。茶要沸水浸泡才有浓香，人要经历磨炼才能成长。“宝剑锋从磨砺出，梅花香自苦寒来。”成长的道路永远不会只有快乐，更多的是苦中求乐。饮茶静化心灵，宁静致远，不失为悟茶之道。

人生如茶，顺应“一浮一沉”，浮沉常有，历史规律。世间事谁主沉浮，“你方唱罢我登场”，继往开来，本就如此，不可阻挡。天下没有久坐不散的宴席，没有永开不败的鲜花，更没有长生不老的仙丹。名利是过眼烟云，缘情是无根的浮萍。茶总有喝淡的时候，自然而然便是最高境界。

陆游品茶，“中澹闲洁，韵高致远”；白居易知茶，“乐天知命，禅茶一味”；欧阳修悟茶，“世事无常，悟茶最好”。人生如茶，苦尽甘来。美好始于奋斗，幸福源自知足，快乐出自淡雅。面对现实，迎接挑战，正视曲折，走好自己的路。

2018 年秋月

修为“三知”

那一年，去杭州旅游，在西湖灵隐寺看到这样一副对联：“人生哪能多如意，万事只求半称心。”乍一看，觉得有点消沉，也有点沮丧，但仔细品味起来，人生也不过如此。人活一辈子，有一半如意、一半称心也就不错了。“心想事成”“万事如意”，只不过是人们互相间的祝愿而已。

对联中那个“半”字，充满着人生哲理，暗示着人生不可能十全十美、事事如愿。琢磨这个“半”字，不由得让人想起古代圣贤的“三知”名言：“知足不辱”“知止不殆”“知常不馁”。就是说，平淡时要懂得知足，得意时要懂得知止，失意时要懂得知常。

《增广贤文》有言：“知足常足，终身不辱。”人生没有不幸福，只有不知足。对于一些人来说，生活本不苦，苦的是欲望过多。老子曰：“祸莫大于不知足，咎莫大于欲得。”人的贪欲是个无底洞，“得陇望蜀”是贪得无厌者迈不过的坎。曹雪芹在《红楼梦》中写道：“身后有余忘缩手，眼前无路想回头。”意思是说，明明已经拥有很多了，却还不想收敛，一味索求，一错再错，直到深陷泥潭，不能自拔，无路可走，才想回头，但为时已晚。经典使人明了：知足是做人立身的长久之道。“知足者富”，富在内心丰盈，富在精神饱满，富在平安无忧。

如果说知足是一种心态，一种智慧，那么，知止则是一种定力，一种气度。一个人来到世上，心中要有一个目标，知道自己该往何处走、怎么走，这需要有远见卓识。行进中，能在权利、金钱等各种利诱之下，及时止住自己膨胀的心，更需要有坚强的意志。名利财富、幸福生活是可以为之奋斗的，但绝对不能被奴役。史载汉初“三杰”中韩信被杀，萧何被囚，唯张良辅佐刘邦打败项羽，天下初定，便托病隐退，安度晚年。人要拿得起，也要放得下，拿得起是能力，放得下是智慧。学会放下是为了更好地生存。每一个人总是从告别中走向明天，世间没有什么东西是永恒不变的，再美的东西也无法永远拥有，再痛苦的事情也会离你远去。一边拥有，一边失去，游离于得失之间，这是定数。不苛求、不贪婪、适可而止，才能知止不殆。

有人说，人生好比大海上的波浪，有时起，有时落，不是吗？起落如常，顺其自然。春风得意时，不要得意忘形，宁静致远；处于低谷时，不必妄自菲薄，安然面对。春华秋实，寒来暑往，自然常态；喜怒哀乐，酸甜苦辣，人之常情。窗外的风刮过、散过；门外的雨下过、晴过；天上的月圆过、缺过；太阳依旧东边出、西边落。淡然笑对，无可挑剔。人生路途坎坷，若能以平常心看待，就能勇敢面对一切艰难险阻，享受生活的快乐。生活就像一杯白开水，放入蜂蜜就是甜的，放入食盐就是咸的，其实人生的苦乐都源于内心。心是苦的，便是苦海无边；心是甜的，便处处景秀。看别人不顺眼，看事情不如意，往往是自己修养不够。生活就是修养的过程，学最好的别人，做更好的自己。你想别人怎样待你，你就先怎样待别人。人要活在自己的心里，不要活在别人的眼里。

懂得知足、知止、知常，是最佳选择，阳光将永远陪你前行。

2019 年元月

老虎和猎户

有个古老的村庄，名叫龙潭村。村子三面环山，一面临水，可谓是个靠山面水的好地方。传说村子面临的河叫龙江河，河道的拐弯处有一个很深的潭。有一次，这里遇到前所未有的打雷闪电，下暴雨，涨大水，潭里有巨龙飞出，光耀山河。从此，村里人把这个潭称为龙神潭，并修庙供奉，祈求龙神保佑平安，五谷丰登。村背后的大山是原始森林，树木茂盛，物产丰富。有野生的人参、天麻、金耳环等名贵药材；有香菇、木耳、羊肚菌等各种食用菌；有板栗、山瓜、猕猴桃多种山果；还有老虎、黑熊、野猪、山鹿、狐狸、獐子、鸟类各种稀有野生动物。村里人爱山靠山吃山，经常进山采药、摘果、采集食用菌，运到集市上去卖，以弥补生活之需。有时上山打猎，放箭套获猎物。

山林中的野猪、老虎，常常糟蹋村民的庄稼。狐狸、黄鼠狼，晚上进村吃鸡吃鸭。老虎时不时到村里咬死牛、马、猪、羊，甚至还伤人、吃人。一次，有一位猎户套住了一只大老虎。那老虎咆哮着、挣扎着，套子越来越紧，怎么也解脱不了。猎户前去收套，回收猎物。老虎对猎户说：“我的屁股有电，摸不得。”猎户说：“我有猎枪，能把你的屁股打烂。”老虎又说：“我有一群伙伴，会伤人，惹不得。”猎户回答：

"你的伙伴来袭，我就分别收拾，一个一个消灭。"老虎威胁说："我是兽中之王，保护对象，打不得。"猎户说："我们以人为本，你先犯了法，那就先关进笼子里再说。"

老虎被关进了笼子，无可奈何龇着牙、咧着嘴，拖着渐渐脱了毛的沉重的躯体，在笼子里打转。透过铁窗失望地看着外面的世界，瞅着人们复杂鄙视的目光，心里想："我怎么落到了这个下场……"

2017 年 9 月 18 日

画皮随想

青岛之行，有幸于崂山参观蒲松龄故居，不由得想起其杰作《聊斋志异》中的《画皮》。故事写的是俊男王生路遇九霄美狐小唯，受绝色诱惑，萌生爱意，狐妖披美女皮欲取代王妻陈氏地位。后来被道士察觉到妖气，几经周折，在其妻陈氏的诚心恳求下，救活了被妖女抽心而死的王生。作者在文章的结束语中明陈："愚哉世人，明明妖也而以为美；迷者愚人，明明忠也而以为妄。"夫为爱人之色而渔之，妻亦食人之唾而甘之，但愚而迷者不悟耳，可哀！可悲！

《画皮》虽为古代人与鬼之间的故事，但泛泛比较，还有点现实的意义。对号入座，好色之徒，喜新厌旧，美色诱惑，损人破家者，不胜枚举。不过，若深入思考，那些貌若天仙的"小三"、风度翩翩的"二奶"、找靠山走捷径的"姘头"，皆只为"玩物"而已，真正应揭开"画皮"的当属另类。人生如戏，重在识戏。看戏，一听台词，二看装饰，三看演技。披上马列外衣，加上文化包装，儒释道裹于一身，言谈举止，堪比圣人。面上豪言壮语，背后暗箱操作，台上清风廉韵，台下贪腐受贿，金银财宝收藏于密室，"天上人间"行走于夜晚。逢场演戏，登台作秀，"两面人"的角色，演得有声有色。话说"糖衣裹着的炮弹”难防，然而“画皮包着的鬼怪”更阴险，足可以祸国殃民，犹如病入膏肓。

世间本无鬼狐妖魅，只是换个角度说事。郭沫若评价蒲松龄的《聊斋志异》：“写鬼写妖，高人一等；刺贪刺虐，入骨三分。”老舍先生评说：“鬼狐有性格，笑骂成文章。”民间《斩鬼传》曰：唐朝陕西钟南山有一进士，姓钟名馗，字正南，豹头环眼，铁面虬髯，相貌奇异，文武双全，刚正不阿，不惧邪祟，殿试不及，舍生取义，曾在梦中为唐明皇捉鬼治病，被封为“赐福镇宅圣君”，人称“驱魔大仙”。从此，世间便有了“若要打鬼，借助钟馗”的传说。齐白石《摇扇钟馗》诗云：“乌沙破帽大红袍，举步安闲扇慢摇。人笑终南钟进士，鬼符文章价更高。”才高八斗，正气浩然的钟馗，成为中国老百姓的理想之神。春节过年，钟馗是门神，用以赐福镇宅；端午佳节，钟馗是“天师”，用以驱毒除邪。钟馗作为中国传统的道教之神，老百姓希望有分身之术，多多益善，为家家镇宅，为户户驱邪，剥开更多的画皮，让魔妖暴露在光天化日之下，使人们不再受愚弄，不再受欺诈，人人过上幸福理想的生活。

猫和老鼠的故事

昔日，有个大户人家，四世同堂，住着宽敞的四合院，不愁吃不愁穿，日子过得挺红火。家里养着牛、马、驴、骡、狗，猪、羊、鸡、鸭、鹅，猫和鼠也是屋里的常客。

猫是老鼠的天敌，养猫为了灭鼠。猫练就一身本领，传说还是老虎的师傅，善攀登跳跃，并能在空中定位和转体，用尾巴调节平衡，长于捕捉伏击。它习惯夜间活动，白天睡觉。晚上瞄着鼠洞，瞅着老鼠出没的地方，快速出击。猫目光如炬，洞察细微，趾底有脂肪质肉垫，行走不声不响。趾端生有锐利的爪，伸缩灵活；两腿强劲快速，捕捉老鼠稳、准、狠。老鼠见了猫，便心惊胆战，直打哆嗦。

老鼠为了生存，本事也不凡。机灵善变，嗅觉敏感，多疑小心，身体小巧，穿墙越壁，奔走如飞，从几十米的高空跳下，绝无粉身碎骨之忧，翻个滚，该干什么还干什么，深沟浅水都挡不住它。而且，生命力强，繁殖极快，据说一个月生一窝，常常成群结队。

为了逃避猫的追捕，老鼠动起了脑筋，琢磨着能否与猫改善关系。它想世间没有永远的朋友，也没有永远的敌人，猫抓老鼠不也是为了吃饱肚子吗？我们得想办法满足猫的需求。于是，老鼠找了一个进可守退可溜的好地方，向猫喊话："猫大哥，你每天夜里辛辛苦苦，不就是想吃香的喝辣的嘛？我们同住一个屋里，吃的喝的都是一个主人的东西，以后你就不要辛苦了，我按时给你送过去。"猫听了，认为这话也不无道理。回问："此话当真？"老鼠答到："骗谁也不能骗你啊，大哥！"猫笑眯着眼说："那就看你的了。"老鼠大喜道："这就对了嘛。"之后，老鼠趁猫睡觉的时候，把从主人那里偷来的大鱼大肉送到猫的身边，渴了还时不时地送瓶牛奶羊奶什么的。本来就身懒的猫咪，有的伺候了，吃饱喝好了，只管呼噜呼噜睡大觉，睡醒了在主人面前伸伸懒腰，喵哦、喵哦叫几声，撒个娇。主人把猫当玩物，喜爱有加。诗云："灰猫不识文，但爱案头蹲，陪读乱翻书，玩笔显精灵。"老鼠觉得计谋成功了，更是得寸进尺。看着猫咪打盹的时候，便轻轻凑到跟前，为猫大哥按摩、梳毛、舔身子，真是"替猫刮胡子——拼命巴结"。这一来二往，一回生二回熟，猫鼠化敌为友，亲密无间了。老鼠竟引经据典说："猫鼠一家，同住一屋，合则两利，不更好吗？"猫眯着眼笑道："是，是，多多合作，多多合作。"

从此，猫睁一只眼，眯一只眼，不捉老鼠了。吃喝着老鼠送来的美味，睡着温暖的被窝，大腹便便，好享受啊！猫的性格变了，身子懒了，嘴更馋了，以前的"卫士"变成了纯粹的宠物。不过，有时候为了掩人耳目，老鼠来了便喵喵叫几声，打个"官腔"，把老鼠吓跑了事。老鼠、猫咪大胆享用主人的佳肴，"共享"主人的财富，和平共处。

然而，主人可惨了，仓底漏了，库里的粮食越来越少了，家当空了，花钱费力弄来的好吃的好喝的，被猫和老鼠糟蹋了。这得郑重警告主人："老鼠必须消灭，猫咪必须驯化，管理不可忽视。"

迎春花赞

迎春花顾名思义就是迎接春天到来的花。

她是春天的使者。早春二月，“立春”节令刚至，她便在和风细雨中露出灿烂的笑容，第一个走进春天里。金黄金黄的小花开满枝头，一丛丛、一串串，漫山遍野金光灿烂。她用自己美丽的青春向世界报告一个新春的来临，最早渲染春的气息，装点山川的锦绣。

迎春花与蜡梅花、水仙花、山茶花一道称为“雪中四友”。花色鲜美、端庄、秀丽，品味高贵，气质非凡，颇受人们喜爱。唐代著名诗人白居易曾吟诗描述：“金英翠萼带春寒，黄色花中有几般。凭君语向游人道，莫作蔓菁花眼看。”

迎春花虽无桃花的芳容，更无杏花、梨花那样的枝体高大，却有着自己的特色。一般植物都是先长叶后开花，她却是先开花后长叶，无须绿叶的扶持。长长的枝条上一朵朵尽情绽放的小花，仿佛是一群群追梦的少女，美丽迷人。迎春花的根、茎、叶、花都可入药，有清热、解毒、消肿的功效，她把全身和一生都贡献给了人类。

迎春花看似柔弱，却内在顽强。她不畏寒冷，经受风霜的考验，在漫长的冬天孕育着新的花蕾。她不择风土，路旁、坡边、悬崖都不乏其身影。初春当你漫步在田野小道，或驱车在山间穿行，迎春花总会带着甜蜜的微笑，摇头晃脑向你表示春日的致意。她把根扎在峭壁山崖或石间浅土里，尽力吸吮着大地母亲给予的水分和乳汁，默默地积攒着生长的力量，等待春风的召唤。她以坚强的毅力战胜冷怪雪魔，展现千丝万缕的碧绿，绽放无数生机勃勃的花朵，铺就新春金色的希望之路。

迎春花，迎来了千姿百态、万花齐放的春天，却又无声无息悄悄离去，只剩青藤绿叶，生发着来年开花的枝条。淡雅中她像诗一般耐人寻味，使虚伪的心灵深受感染。对于众多千娇百媚的花仙，人们曾给予诸多赞美，制造出这样那样的花节，如桃花节、杏花节、樱花节、牡丹节，还有菜花节等以供人们游玩观赏，成为一个个令人欣喜的旅游项目。而第一个姗姗走来装扮春天的迎春花，却没有自己的节日，似乎有些寂寞之感。此时此刻，不由得让人想起毛泽东《咏梅》中的词句："俏也不争春，只把春来报。待到山花烂漫时，她在丛中笑。"拿迎春花同梅花相比也似恰到好处，因为她们是雪中之友。

她知道一花独放不是春，百花齐放春满园。这也是迎春花的梦想。

竹 颂

竹子简称竹，品种有千余。有高大者，身躯如树，坚毅雄健，坦直潇洒，成园成林，景色如画。有矮小者，体如蒿草，青枝碧叶，郁郁葱葱，装点绿地，独秀天涯。世人按其长相，论其用途，封之美名，冠之金竹、刚竹、赤竹、梅竹、毛竹等。竹以常青著称，那细细的叶，疏疏的节，雪压不倒，风吹不折，与日月相伴，与山河共存。

竹子，无松柏的高大挺拔，无桂花的繁花飘香，无金橘的硕果累累，无牡丹荷花的容姿艳丽，但它的优秀品质和高尚精神，却令人赞颂不已。文人墨客爱竹、咏竹者众多。梅、兰、竹、菊为尘世四君子，松、竹、梅为岁寒三友，它们皆成骚客之杰作。竹子根生大地，渴饮甘泉，未出土时便有节；枝横云梦，叶拍苍天，及凌云处尚虚心。

“人之初，性本善。”竹之生，虚有节。竹自破土而出，既怀感恩之心，拔节日上，舒展枝叶，四季常绿，报天地孕育之情。生性善良，低头谦让，团结共生，协力合作，成园成林成片，风来有笑声，雨过净如洗。一生宁静淡泊，一世高风亮节，不求奢华，雅而不俗。郑板桥赞誉：“我自不开花，免撩蜂与蝶。”竹子身经百战，不畏寒暑，不惧风吹，自有“千磨万击还坚劲，任尔东西南北风”之气概。

竹的神韵，令人赞赏，而无私奉献的精神，更为世人称颂。竹子的情怀，与众不同，花谢人散，劲节常青。冬天送绿，夏天送凉。净化心灵，陶冶情操。一经竹园旁，森然四座凉。“独坐幽篁里，弹琴复长啸。”若留影竹旁，乃终身念想，淡泊以明志，宁静以致远。竹子全身是宝，无私奉献人类。古有“竹简”“竹刻”，成书成卷。后世用于造纸，传文房四宝佳话。春笋、冬笋皆为餐桌佳品，常为人享用，有诗曰“客中常有八珍尝，哪及山家野笋香”。竹子的根、叶、花、实、沥、茹，都可以入药配伍，全身服务于人，毫无自私吝啬。竹竿更是用途广泛，盖房子、搭棚子，做建筑材料。做桌、椅、板凳和其他家具，编背篼、箩筐等，更是上等的原料。还可以制作乐器，民间歌舞道具，工艺美术作品，各种生活用具，尽为人们喜爱。

你如到四川峨眉山去旅游，可见三苏祠附近的家家户户，都喜欢培植大竹园，视竹子为座上宾。蜀南一望无边的竹林，被誉为中国最具特色的旅游景区。我的家乡康县山区气候湿润，土壤肥沃，适宜竹子生长，目前全县公路两旁已是翠竹掩映，成了一道美丽的风景线。苏轼诗云；“宁可食无肉，不可居无竹。”有竹人不俗，自勉更自励。虚心劲节淡雅典，有枝有叶总关情。人生贵有胸中竹，风雨雪霜步不停。闲暇之余，在房前屋后，村边路旁，栽些竹子，观赏乘凉，多点遐想，岂不美哉。

2017 年冬

故乡的小草

在所有的小草中，最有名的可谓兰草了。它虽不时尚，但也不失高雅。兰草学名兰花，品种有春兰、惠兰、建兰、墨兰、寒兰、山兰、幽兰、国香、谷仙子等若干种，不同的品种开着不同颜色的花，红、黄、绿、白、青、蓝、紫，典雅美丽，香气醉人。文人墨客常把“兰花”与“梅、竹、菊”合称“四君子”，以“兰章”喻诗文之美，以“兰交”喻友谊之真。诗云“气如兰兮长不改，心若兰兮终不移”“寻得幽兰根知己，一枝柳赠梦潇湘”。兰花以草木为伍，不与群芳争艳，不畏雪霜欺凌，气质潇洒挺拔。兰花生于深林，不以无人而不芳，人们喜欢兰花，常作盆景观赏。

兰草只是众多小草中的一员，因有古今文人的称颂赞美而闻名天下。其他小草却没有这个福分，年复一年，默默无闻。然而，正是那些既没有艳丽的姿色，也没有迷人的芳香，更没有高大形象的小草，默默地装点着山河的美丽，造就着流水的清秀，过滤着空气中的尘埃，为生命带来无限的生机。青山绿水离不开小草，人们的生活也离不开小草。

曾记得，小草是我童年的伙伴，草地是童年的乐园。春天里雨水滋润着肥土，春风吹动着小草，大地换上了绿色的新装，满山遍野生机勃勃。我和庄里的小伙伴放学后一起到山坡上放牛，牛群啃着小草嚓嚓作响，真带劲儿。有时候背上小背篓上山打猪草，什么样的草猪能吃，是农村生活的必修课。到了秋冬，万木凋零，小草枯黄，山坡一片金色，小草变成了另一种“猎物”。我们把它一点一点割回来，一捆一捆堆放好，成为做饭和烧炕取暖的柴火。小草成为“乡愁”的一部分，让人久久不能忘怀。

“离离原上草，一岁一枯荣，野火烧不尽，春风吹又生。”白居易笔下的小草就是以这样的韧劲，年复一年顽强地生存着，默默无闻地点缀着山川，毫不吝啬地为人类做着自己应有的奉献。《小草》歌词这样写道：“没有花香，没有树高，我是一棵无人知道的小草。从不寂寞，从不烦恼，你看我的伙伴遍及天涯海角。”其实小草不小，它有着不可代替的作用，在人们生活中有着多种用途，比如有：

能观赏的小草。生长在山坡上，田坎上、石崖上的小草，装饰着一道一道动人的风景，开着五颜六色的花儿，红的、黄的、白的、蓝的、紫的，目不暇接，甚是好看。有的小草还被引进城里，成了打造美丽草坪的上品。

能结果的小草。我的家乡有一种小草叫野草莓，又名瓢子。每到夏天麦子成熟的时候，瓢子也熟了，田野里、地坎上、荒坡上、山路旁、沟边、崖边，到处是白白的瓢子。瓢子的味道甜美，是我们小时候的最爱。还有一种地莓子，又叫山莓，成熟之后，颜色红红的，颗大味甜，很好吃。这些野果子营养丰富，深受人们的喜爱。

能当菜蔬吃的小草。田野里、山坡上生长着许多能食用的小草，人称野菜。如苦苦菜、荠荠菜、刺芥菜、灰灰菜、苜蓿菜、蕨苗菜、曲曲菜、野韭菜等，生活困难的时候曾救过人的命，好多穷人靠挖野菜度日。现在生活条件好了，这些野菜反而成了香饽饽，有些酒店、农家乐还将它们当作特色菜。

能治病的小草。我的家乡，有好多小草是中草药，例如蒲公英、金银花、夏菇草、白茅根、车前子、马齿苋、金钱草、菟丝子、救心草、艾蒿、白蒿、青蒿、黄蒿、香蒿、柴胡、半夏等，可用于消炎止疼、解毒利水、清热除湿、去风止痒、活血化痰、针灸理疗、降压降脂，疗伤治病。

能当饲料的小草。那就更多了，数不胜数。家禽食草，一茬又一茬，循环往复，生生不息。

我说这些，是想证明大自然是伟大的，厚德载物。小草不能小看，它的作用无法代替。人和小草，天人和谐，爱护小草，共生共荣。

2018 年 7 月

第三篇 03

点滴拾零

步走康南

翻过一山又一山，
下山之后又上山。
毅然登上最高处，
满目青山不见川。
喜看群山成绿海，
花鸟鱼虫尽自然。
但见汽车绕山转，
好像小舟浪里旋。

1990 年初夏

卜算子令

参谒周恩来故居有感

赤忱怀总理，
千里谒旧居。
一代伟人生淮安，
感恩天和地。

运筹比孔明，
举师兴道义。
鞠躬尽瘁数十春，
风范楷模立。

1996 年夏

峨眉山拜佛感悟

峨眉山位于四川乐山市境内，“四大佛教名山”之一。地势陡峭，风景秀丽，古迹名胜，目不暇接。万佛顶、报国寺、伏虎寺、洗象池、龙门洞、舍身崖、峨眉佛光，个个故事精彩动人，处处风景秀色迷人。“峨眉天下秀”，一个“秀”字足够人玩味，以我之文字，怎能诠释这个“秀”字的含义。峨眉既是佛教名山，游客拜佛必不可少。我也拜了佛，并有所感悟，简编成诗，记述于后：

（一）

佛道玄矣哉，佛道简矣哉。

佛道大矣哉，佛道善矣哉。

（二）

知佛劝人善，信佛善众生。

有佛心即善，成佛善为本。

（三）

事事行善乐，人人都是佛。

上善若水流，众生阿弥陀。

1998 年 8 月 8 日

眉峰碧

参观《三星堆博物馆》有感

东方蜀国城，
神圣瑰宝库。
三星伴月千万年，
拂尘曜明珠。

一部无字书，
穿世之音符。
人文进化留遗迹，
后生细解读。

辛巳年春于成都广汉

游张果老洞

乘车往唐城，一路好风景。途经灵官峡，惊听松涛声。停车问老者，知是果老洞。神仙张果老，儿时多听闻。

步履石阶路，觅踪兴更浓。行进玉亭台，似临清虚境。举目千重岭，满山白皮松。俯瞰疑无路，绿浪万千层。

林间鸟叽叽，山谷水淙淙。悬崖断壁间，深藏仙人洞。绝妙幽静处，仙气透心灵。宋赐“登真洞”，果老封真人。

张果生唐代，非仙亦非神。性情颇古怪，终身苦修行。朝廷几召之，封官亦不从。骑驴游四方，论道化人生。

2002 年春

百尺楼

读《哈达铺·长征百将墨迹》有感

宕昌哈达铺，
长征苦凯旋。
导师挥手指陕北，
自此乾坤转。

百将留墨迹，
红军精神传。
艰苦奋斗再创业，
前进路途远。

2003 年冬

缺月桂疏桐

瞻仰毛主席遗容有感

（一）

欣喜进京城，
虔诚瞻遗容；
恩泽四海功不朽，
救国又救民。

举旗舞大风，
挥笔著宏论；
南征北战建共和，
自此中华兴。

（二）

遗志永继承，
思想与时进；
改革开放谱新篇，
九州齐繁荣。

港澳已回归，
神舟游太空；
百年夙愿终成真，
在天定长吟。

甲申年春

《周易》读感

（一）

《周易》群经首，世人多瞩目。

研治众学派，哲卜两大流。

（二）

《易》为儒学宗，两论争不休。

晚年浅涉足，业余细考究。

（三）

欲知真与伪，追溯古源头。

上古结绳记，刻画创字符。

（四）

伏羲作八卦，文王译爻注。

立卦六十四，一卦一事述。

（五）

《易经》久演变，原本记事书。
唯是教化人，集成经典著。

（六）

岁月复琢磨，文学一明珠。
经辞古奥难，哲理精深殊。

（七）

卜筮弄玄虚，附会占卜书。
观象测吉凶，阴阳奇偶数。

（八）

胆敢揭神秘，探究真面目。
鉴史解真谛，哲学大宝库。

甲申年三月

陇南名胜集锦

（一）

中华腹部陇南地，关隘要塞战略位。
氐羌始建仇池国，秦人发祥在西垂。
诸葛六出在祁山，邓艾偷渡阴平奇。
南宋抗金古战场，元设帅府有遗迹。

（二）

文明胜迹五千年，伟人名家有遗篇。
杜甫同谷作七歌，李白长吟蜀道难。
东坡寄情仇池石，商隐二赋红女怜。
主席哈达著长征，耀邦挥墨在康县。

（三）

山山白云山山荫，佳山林草翠清新。
仇池兀立伏羲崖，真五山上落五凤。
鸡峰引颈报晓鸣，龙王布雨润苍生。

鹫鹫山满白皮松，香山林海涛声劲。

（四）

白龙入江朝东海，犀牛浴水走嘉陵。
洞中潜流神鱼跃，山间溪流伴鸟鸣。
高峡天池玄妙极，响水天降真惊心。
三滩明珠赛九寨，月牙潭水好迷人。

（五）

万象洞中万象生，何时仙境落凡尘。
水帘洞美居仙女，果老洞奇显威灵。
白云洞里藏翠玉，五仙洞住五仙人。
石龙洞异吐香水，千载金莲迎暖风。

（六）

人文初始陇南域，天宝物华人荟萃。
始祖伏羲生仇池，非子牧马秦发迹。
仇靖书刻西峡颂，东汉名赋数赵壹。
五代诗窑王仁裕，将星雍古朝赐碑。

2004 年夏

【注释】

七歌：唐代诗人杜甫在成县赋“同谷七歌”。

蜀道难：唐代诗人李白于唐开元十八年送友入蜀，涉足徽县青泥岭，留千古绝唱《蜀道难》。

红女怜：唐代诗人李商隐两次过武都看水帘洞红女祠，赋《过圣女祠》《重过圣女祠》。

主席：毛泽东。

真武山：武都著名风景区之一，相传曾有五只凤凰落于山巅。

鸡峰：成县著名风景区鸡峰山，佛、道圣地。

龙王：康县长坝龙王山，观乌云密布必然下雨。

鹫鷟：两当县张果老洞所在地鹫鷟山。

香山：礼县、西和县交界处，山上有舍身崖，相传妙善姑娘舍身救白兔掉下悬崖，僧人修庙供奉，传为观世音转世。

白龙：指白龙江。

犀牛：指犀牛江。

天池：文县天池。

响水：康县铜钱镇响水泉。

三滩：徽县著名风景区。

月牙：康县梅园沟月牙潭。

万象洞：武都区风景区。

果老洞：两当县张果老洞。

水帘洞：武都区水帘洞红女祠。

五仙山：成县五仙山五仙洞。

白云洞：康县城关镇白云洞。

金莲：成县金莲洞景区。

石龙：两当县香水洞。

仇池：《路史》记载，始祖伏羲"生于仇夷，长于成纪"，仇夷即仇池。

非子：《史记》载，秦的祖先非子在犬丘（今礼县）养马有功，受周孝王赏识，将秦地赐予非子，封为秦嬴，自此发迹。

仇靖：东汉著名书法家，成县《西峡颂》撰文并书法、石刻。

赵壹：东汉著名辞赋家（礼县人）。

王仁裕：五代著名诗人，人称"诗窖子"，为官政绩卓著，朝廷敕赐"神道碑"。

雍古：元代在礼店（今礼县）设元帅府，朝廷为元帅按竺迩家族敕赐家庙碑，全称为"大元敕赐雍古氏家庙碑"。

免征“皇粮国税”

2006年1月1日，
伟大而不平凡，
这是历史的分水岭，
也是“皇粮国税”的终点。

这一天，
胡锦涛发布主席令，
废止《农业税条例》，
收起了农业税征收案卷。

这一天，
结束了农税历史，
农民又一次获得了解放，
开启了历史的新纪元。

古往今来，

"皇粮国税"延续数千年，
它是"国家机器"的能源支撑，
它是社会发展的基础财源。

古往今来，
不论"履亩而税"，
还是"租庸调"和"两税法"，
不论"一条鞭法"，
还是"摊丁入亩"制度，
都没有走出"黄宗羲定律"，
农民负担有增无减。

新中国虽然建立，
但她还只是个外壳，
实则"一穷二白"，
国家运行仍需全民承担。

我们曾堂而皇之地宣传，
取之于民，用之于民。
缴纳"爱国公粮"，
成为农民兄弟的爱国习惯。

曾记得，
农民用小推车，

满载粮食支援革命，
用小推车推倒“三座大山”，
用小推车建造幸福大厦，
自力更生推动经济发展。

改革开放几十年，
发展有了成果，
国家有了积蓄，
为了公平，也为了发展，
一举搬掉了农税这座“大山”。

农民彻底减负，
农民雀跃欢呼，
欢呼祖国强大，
欢呼社会主义发达，
共同富裕行远，
是人们共有的心愿。

这是德政之举，
这是卓识远见，
只有共产党才有决心和勇气，
只有社会主义制度才有优势和条件，
走出税赋越改越重的怪圈。

国家重视农村，
重视农业，
重视农民，
这是历史的趋向，
更是国民的期盼。

共享改革成果，
减负推进发展，
工业反哺农业，
城市农村同建，
促进城乡走出二元。

十三亿人民，
九亿农民，
只有农民实现小康，
才有国民的美好家园。

振兴中华，
民族梦想，
只有民富国强，
才能国泰民安。

2007 年 1 月 1 日

阳坝风光

（一）

森林公园天赐就，
幽静最数龙神沟。
梅园山水小九寨，
乱山犹如八卦图。

（二）

茶园垄垄泛青翠，
木耳团团似梅菊。
天麻窝窝出富翁，
银杏颗颗如白玉。

（三）

攀树金猴戏锦鸡，
潜水大鲵追小鱼。
翠谷玉瀑蝶恋花，
田园织绣鸟声脆。

（四）

林中小镇江南景，
街村清秀路无尘。
探胜观光阳坝行，
山重水复疑迷宫。

2007 年 5 月

常青四君子

松

白云青松秀，风雪显高洁。
植根岩石里，长成栋梁材。

柏

古柏终年翠，浓荫遮骄阳。
山川添锦绣，恩泽惠八方。

竹

扎根荒原里，严寒何所畏。
虚怀清雅淡，高风亮节贵。

桂

八月桂花开，风吹十里香。
休闲聚树下，品茗诵华章。

2008 年夏

迷坝行

莽莽林海间，对对山参天。
宋时属同谷，毗邻陕甘川。
犀牛江涛涌，峭壁隘四关。
游击设总部，激战歼敌顽。
英雄血染岩，悲壮气感天。
解放六十年，斯地生巨变。
青山成银行，民富家安然。
生态景观好，小康大道宽。

注：“四关”指木笼关、垭岔关、三牢关、黄柏关。

“总部”指新中国成立前陕甘川边区游击总部设在康县迷坝对对山。

2009 年秋

恋春歌咏

惜春

黄叶无风自飘零，秋云不雨长阴沉。
我若能有回天力，锁住春天不放行。

探春

庭前翠竹挂银坠，屋后青松着素装。
河边柳枝悄泛红，窗外寒梅暗送香。

盼春

蜡梅雪中问杨柳，岸边垂枝透春辉。
鸟鸣晒翅已知暖，南雁北飞带春归。

迎春

雨润茶田始泛绿，日照桑枝发新芽。
山寨农人闹春耕，惠风意暖入农家。

2009 年冬

风流四季香

花开四季，兰荷菊梅，自然杰作，共赏雅俗。

春兰

叶儿几条丛丛生，四时如春翠青青。
异样别致花色美，秀丽幽雅香醉人。

夏莲

出泥不染人独爱，佛陀常坐莲花台。
华夏神州多净土，疆域处处芙蓉开。

秋菊

金菊满园香溢外，姹紫嫣红引人来。
黄巢倘若为青帝，菊花依旧九月开。

冬梅

树树寒梅白玉塔，一花独放百花杀。
傲霜凌雪显风骨，蜡梅笑迎报春花。

2010 年春

大棚蔬菜剪影

（一）

室外山川积雪冰，棚内番茄满架红，两处光热各不同。

黄瓜下蔓毛茸茸，春夏秋冬卖不停，城乡市场受欢迎。

（二）

片瓜出棚憨敦敦，萝卜离土白生生，水肥充足勤耕耘。

豆角装筐嫩森森，辣椒盛箩水灵灵，栽育全是好品种。

（三）

茄子满园黑沉沉，前茬收获后茬跟，一年始末地不空。

冬播洋芋春收成，包装打扮出远门，创新开发动脑筋。

（四）

西芹大葱翠茵茵，莴笋韭菜绿葱葱，席地巧绘四季青。

居民欣喜菜篮丰，菜农致富兴冲冲，科学技术惠万民。

2010 年 10 月

万象洞仙境

（一）

别有洞天一仙境，
包罗万象小乾坤。
鬼劈神凿真奇妙，
引来八方探奇人。

（二）

冰清玉洁进月宫，
吴刚捧酒宴佳宾。
嫦娥舒袖翩翩舞，
玉兔桂花树下迎。

（三）

水晶龙宫垂罗帐，
二龙静卧湿滩中。
深宫修道炼真地，
居仙曾有张三丰。

（四）

攀梯而上到天庭，
群仙集聚玉皇宫。
玄妙奇观今又现，
列宁亲切晤毛公。

2015 年 5 月 9 日

注：天宫新发现两尊伟人坐像，一位像列宁，一位像毛泽东，构成“伟人会晤”绝景。

健康密码

（一）

人生苦短，
健康为先。

书味百变，
人生一遍。

成就自己，
颐养天年。

幸福简单，
快乐随缘。

（二）

科学食饮，
适体运动，

劳逸结合，
乐观开心。

戒烟限酒，
闷气不生，

健康之诀，
持之以恒。

（三）

人活一口气，
运行且不息。
调控尚不止，
营养全身需。

精气，
津气，
水谷之气，
呼吸之气。

元气，
营气，
脏腑之气，
经络之气。

气之运行，
导引之臣，
推动新陈代谢，
维系生命进程。

（四）

人在气中，
气在人中。
强身健体，
古创气功。

静功、动功，
调心、调息、调身。
武术、按摩，
经络气血舒通。

儒佛道武医，
练气并修德。
内练精气神，
外练筋骨皮。

（五）

余生酷爱，
莲花气功。
莲花法师，
首创发明。

玄奘济公，
相继传承。
健康祛病，
体验有灵。

功法简单 ，
不择环境。
坚持不懈，
必见其功。

（六）

命由己造，
相由心生。
心情阳光，
统帅康宁。

一念之间，
止心可安。
看淡得失，
方寸自然。

过去已去，
未来即来。
知足常乐，
仁爱为怀。

三生三世，
十里荷花。
心念和善，
生活如画。

心理平衡，
健康之门。
奉献社会，
享受人生。

牢骚满腹多积郁，
心胸宽阔才安详。
名利只为昙花现，
人生最美是健康。

2018 年 9 月 9 日

砚台情怀

坐在书桌前，
静静的台砚，
淡淡的墨香，
让人浮想联翩。

文房四宝，
笔墨纸砚。
端歙洮澄泥，
中华四名砚。

身居雅室，
始于秦汉。
与笔墨为伍，
与竹简为伴。

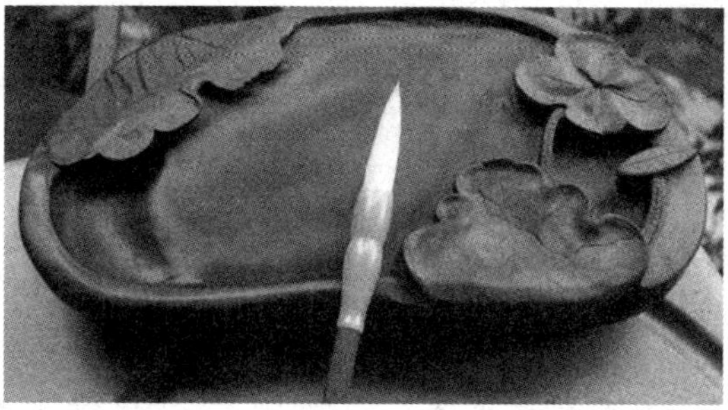

书写四书五经，
记述历史文献。
创作美丽书法，
泼写锦绣画卷。

帝王用你，
批阅奏章指点江山；
文人用你，
激扬文字巧著名篇。

你曾助
多少书生金榜题名，
你曾染
天下书画彩色斑斓。

你也有两面性，
有时仅是工具一件。
歹者用你作歹，

善者用你为善。

有人用你美誉青史，
有人用你制造冤案。
在正直的文人心里，
你是好东西好伙伴。

非人磨砚砚磨人，
砚池清心尘不染。
砚渚清风包公志，
光耀古今久流传。

能书善画有苏轼，
以文为业砚为田。
清廉寡欲郑板桥，
清浊分明拒贿砚。

砚池风云卷巨澜，
千山万水浪里旋。
但愿砚台清风起，
世风和谐代代传。

2018 年 10 月 1 日

脱贫赋

东方曙光，红船精神。立党为公，本党初心。中华之梦，民族复兴。上下求索，百年长征。鞭挞列强，驱贼出境。剿匪除恶，追求和平。消灭剥削，还权于民。减税减息，为民减贫。耕者有田，土地革命。互助合作，蔬丰粮增。认准目标，引领航程。开拓进取，以民为本。弯路绕过，柳暗花明。摸石探路，拐弯前行。

卌年苦斗，卌年艰辛。卌年改革，国民转运。老少边区，扶贫重任。输血助困，造血生根。精准扶持，确保脱贫。产业劳务，就业有门。修房盖屋，衣食住行，义务教育，医疗保证，路桥水电，传媒通信，改善民生，告别贫困。依水行舟，忠诚于民。创造奇迹，万苦千辛。城乡共荣，农村振兴。舵手领航，民众感恩。

康县域内，山大沟深。交通不便，民众贫困。各级各届，执政为民。齐心协力，致富建功。靠山吃山，潜力无穷。吃山养山，深植富根。南茶北桑，核桃广种。木耳香菇，技术创新。药材花椒，多种经营。中央首长，牵挂关心。恩来表彰，养蚕富民。耀邦号召，致富营林。锦涛家宝，慰灾访贫。废止农税，民众欢欣。省市领导，多次亲临。精准指导，决战脱贫。旅游之路，美丽乡村，展望未来，一片光明。

2019 年

高铁时代

（一）

两条“黑线”，
一排“洋房”，
移出站台，
伸向远方。

美丽的原野，
漂亮的村庄，
奔腾的河流，
起伏的山岗，
……
疾驰而过，
纷移后方。

花草、树木、庄稼，
羊群、骆驼、牛马，

飞禽、走兽、鸡鸭,
摇头晃脑,
瞬间转向。

同飞机赛跑,
与狂风同行,
插上时代的翅膀,
驰向遥远的地方。

快速、平稳、省时,
朝着既定的目标,
驶向彼岸,
驶向希望。

(二)

车厢内,
美观、整洁、大方,
宽敞、舒适、光亮,
智能、方便、时尚。
生活设施,
一应俱全。

路码表,
闪烁的行速数码:

280 千米/小时，
300 千米/小时，
350 千米/小时，
逐渐加速，
一目了然。

播音员，
温馨地提示：
到达站，
下一站，
做好准备，
秩序井然。

服务员，
周到的服务：
饮料，
食物，
及时送上，
适时饮餐。

(三)

2008 年，
北京至天津，
首条高铁，

顺利开通。

此后，
北、上、广、深，
重要城际间，
高铁相继建成。

进而，
东、西、南、北、中，
高铁纵横交错，
连接多座省城。

现在，
中国高铁的臂膀，
正在拥抱世界，
加足马力，
快速前行。

建桥·感时

（一）

1907 年的清代，
积贫积弱，
任人宰割。
金城兰州，
白塔山下，
建造黄河大铁桥。
德商承包，
外国技术，
外国材料。
花三十万两白银，
建贝雷式刚桁架，
史称黄河第一桥。
人们欢呼，
三边利济，九曲安澜，
车马如流尽自豪。

（二）

1957 年的新中国，
一穷二白，
百废待兴。
苏联援建，
国人奋力，
武汉长江大桥建成。
龟蛇飞架，
南北接通，
神州活跃中国龙。
武昌汉口汉阳，
三镇连城，
黄鹤楼上不空吟。
中原重起，
扬眉吐气，
大华夏再显雄风。

（三）

2018 年的新时代，
改革开放，
硕果累累。
“一国两制”，
兄弟抱团，
共创共建共受益。

港珠澳大桥，
跨海通三地，
家人从此不分离。
自主设计，
自主建造，
不靠别人靠自己。
桥隧岛一体，
港澳珠共济，
大湾建设再起飞。
繁荣之花，
幸福之果，
东方再度出奇迹。

采桑子·游洞庭湖

一九九三年三月赴湖南华容县参加全国十二县市党建研讨会，路过岳阳，观光洞庭湖。

（一）

三月春绿洞庭湖，草木吐翠，天蓝水绿。无风波平八百里。
轻舟漫滑惊鱼跃，微波涟漪，白雪潜移。隔船游人戏燕飞。

（二）

阳春时节洞庭美，柳绿花香，上下天光。草长莺飞雁返航。
游船击浪巴陵至，气吞三湘，范记流芳。晚唱渔歌下夕阳。

【注释】

巴陵：岳阳别称。

范记：范仲淹所作《岳阳楼记》。

神仙在哪里

二十年前，
走访山东，
向往蓬莱，
拜谒神仙。

蓬莱阁内，
八位神仙，
饮酒品茶，
谈笑风生，
妙不可言。

传说，
八仙过海，
各显神通，
八位神人，
八件宝物，
世人盛传。

而今，
重游蓬莱，
仍见八仙，
饮酒品茶，
谈笑风生，
引来众客，
观赏撒钱。

传说，
终归传说，
神仙的模样儿，
从来没人见过，
世人都说神仙好，
不知如何做神仙。

我想见神仙，
哪里去找，
哪里去见，
神仙在天上，
神仙在地下，
神仙在海里，
神仙在田间。

他们，
上天“揽月”，
下海“捉鳖”，
建造“海市蜃楼”，
冲破封锁岛链，
创造粮食高产，
研制健康“仙丹”，
为民众排忧解难。

他们，
谋划神州未来，
建设美丽家园，
保卫中华疆土，
捍卫祖国平安，
不是神仙，
胜似神仙。

礼县行

一九九二年调任礼县县委常务副书记，任职五年。与礼县有缘，热爱礼县，服务礼县，不忘礼县，特写这段文字，当作纪念。

（一）

朝别黑马关，暮行至礼县。
登门拜孔明，万事民为先。

（二）

古代称西垂，先秦之发端。
相争蜀与魏，六度出祁山。

（三）

厚土育英杰，辈出栋梁才。
王公仕五代，雍古封武帅。

（四）

西汉水悠悠，文海波滔滔。
古有诗窑子，今有众文豪。

（五）

地灵名胜布，紫气漫山岚。
诗圣吟盐井，詹氏著名篇。

（六）

兵家争战场，百姓遭祸殃。
税赋重重逼，户无隔夜粮。

（七）

寒岁随冬去，济民救饥荒。
整地兴水利，修路盖新房。

（八）

沉浮不足论，探寻致富经。
川里栽苹果，山沟采黄金。

（九）

下村问农事，登门话脱贫。
探索致富路，觅选领头人。

（十）

兰苍植被少，十年九干旱。

劝民多种树，处处流清泉。

（十一）

金戈除邪恶，举法保平安。

扬善树好风，尽心图发展。

（十二）

任事满五年，情厚意绵绵。

功过任评说，无愧心安然。

【注释】

王公：指王仁裕，礼县斩龙村人。曾于五代时期为官，官至兵部尚书，后周封太子少保，著名诗人。

雍古：指元代礼店元帅按竺迩家族，其孙翰林院院士赵世延，封鲁国公，谥文忠。

诗窖子：五代诗人王仁裕，著诗385卷，一万余首，故称“诗窖子”。

盐井：唐代诗人杜甫曾游礼县盐官镇，吟诗“盐井”。

詹理：明代诗人。

兰仓：礼县古有“兰仓”之称。

慈母心

雁南飞，柳叶黄，
风萧萧兮知秋凉。
千针万线快快织，
忙为孩儿添衣裳。

夏铺凉，冬暖床，
唯恐孩儿睡不香。
暑天紧防蚊虫咬，
霜寒担心着了凉。

出行前，心牵肠，
衣物用品亲手装。
千叮咛兮万嘱咐，
行程小心早回乡。

倚家门，望远方，
盼子成才慰亲娘。
辛勤劳累苦中乐，
真情无处不发光。

青城山感怀

阳春逢壬午，三月赴青城。满目青山翠，径幽路曲深。
清泉潺潺流，溪水润林荫。藓苔布石绿，古藤攀树生。
天然阁步至，坐听鸟鸣声。小歇话天府，联句赞苏门。
摘花祭先祖，修道化人生。前辈多智慧，后人感悟深。

天水麦积山石窟

远看麦积秀，
登临栈道险。
石窟雕塑奇，
佛居云雾间。

秋夜

野云风扫尽，
明月照征程。
井底蛙声暗，
山间布谷鸣。

牛

低头拉重犁，
扬鞭更奋蹄。
田野千重浪，
丰收功不居。

马

昂头出茅庐，
飞蹄奔天涯。
留迹山川路，
啸傲林泉家。

植桑

桑绿满山川，
盛产白玉茧。
余愿布衣人，
换穿绸罗缎。

河西行

五月驱车戈壁滩，
昔日荒漠变田园。
一望无际泛绿浪，
春风已度玉门关。

植树清河

别时小苗深草里，
回眸十年已成林。
重访故旧踏溪水，
再听松涛别有情。

千岛湖

愚公新安造水库，
海瑞重来不识路。
湖中千岛舞翡翠，
岛上猴蛇迎客游。

敦煌月牙泉

神州天造奇妙景，
月仙何卧沙山中。
鸣沙含羞怕靠近，
清泉如镜不染尘。
白云楼阁映水里，
岸边苇绿草青青。
一弯泉水胜美酒，
身临其境便醉人。

农家话桑茶

（一）

一路风尘行，停车到农家。
探寻致富路，庭院话桑茶。

（二）

康南品茗茶，康北蚕丝佳。
南茶北桑计，惠发千万家。

品礼县圣泉旱烟

石桥圣泉水，质地可稀奇。
涓流润烟田，烟香独一味。
买烟捎家父，四邻来聚会。
品烟拉家常，聊天人和气。

赏洛阳牡丹园

牡丹生西北，天香丽姿美。
盛唐住长安，宋时栖洛水。
荣居花中魁，独入华宅贵。
赏花洛阳城，骚客无诗对。

古今平洛镇

依山傍水地，古置平洛县。
峰峦通五岳，关隘栈道险。
而今平洛镇，高速东西延。
网络联八方，小康大道宽。

注：平洛镇、甘肃省康县平洛镇。

云台行

（一）

关山夜月千秋明，
山寺晨钟入苍穹。
鹰峰叠翠满目秀，
云台晚照映霞红。

（二）

要塞重镇白马关，
置县民国十八年。
自古群雄屯兵地，
红军长征建政权。

（三）

古镇百年风韵佳，
莺飞林茂伴山花。
核桃遍山桑满川，
绿浪千层大氧吧。

注：云台，甘肃省康县云台镇。

逛三亚

踏沙岸滩汗如雨，
潜艇海底冷观鱼。
思情静看回头鹿，
会友南山听传奇。

游三峡

雾都乘船游三峡，
千里急流浪击崖。
神女云端观潮笑，
忽见平湖映彩霞。
恋庙张飞皱眉愁，
鬼城阎王在搬家。
日夕坝上观夜色，
疑是繁星火树花。

珍惜

岁月如同溪水流，
时光易逝不回头。
黄金年华不多有，
找准坐标写春秋。

寄语创业者

攀山险走崎岖路，
江海航行浪击舟。
人生多有不如意，
阳光总在风雨后。

后　记

抗日战争胜利的前夜，我于1942年11月26日出生在甘肃省康县寺台镇七房坪村的一个农民家庭。1963年高中毕业，后于《山西刊大》函授自修中文。1968年参加人民公务工作，1975年加入中国共产党。先后做过财政、宣传、组织、文秘、林业、党务、人大等方面的工作。历任中共康县县委报道组组长，县委组织部秘书，县委秘书，县委办公室副主任、主任，陇南地区康南林业总场场长，礼县县委常务副书记，康县县委常委、县人大常委会党组书记、人大常委会主任等职。其间曾从事文字工作，在国内、省内报刊发表过一些新闻类文章，主编《康县党史资料》《礼县投资指南》，与黄俊武同志合编《康县概览》，参与编写《甘肃省情》，参与组织编撰《康县志》。曾为甘肃省新闻协会会员、甘肃省《人大研究》杂志社理事会理事、北京《发现》杂志社理事会理事。工作之余习写诗词，以浅薄的文字寄托自己的情怀，选出部分编成《山魂》集（手稿），终觉文字粗浅，未敢成印。

退休之后，总还想做些什么，思来想去，又将以往所写散文、杂记、随意拾零之类，从乱纸堆里翻出来，加以整理、修改、补充、汇集成册，以表达内心对美好家园、祖国山河和人民事业的热爱，对社会、人生和往事的感悟，对家人、好友和同事的怀念，对生活、建设和未来文明的追求。看祖国山川如此多娇，令人喜爱、赞美和敬仰；读中华文化博大精深，值得永远学习、继承和发扬；忆我和祖国同步前进，休戚与共，自强不息。人与自然和谐发展建设美好家园，是人们共同的理想、心愿和期盼。伟大社会主义祖国进入新时代，发展日新月异，从站起来、富起来到强起来，有人感到威胁，国人却赞叹不已，深感兴奋、自豪和骄傲。厉害了我的国！任人侵犯、宰割和欺凌的年代，已永远成为过去。我们高歌，我们咏唱，未来一定更加美好、更加阳光。这便是我写《春秋杂记》的初衷。

《春秋杂记》承蒙著名诗人、作家、评论家朱泉雨先生百忙中作序。弁言序文，叙议相加，提纲挈领，意境升华，起到了积极的能量引导作用。字里行间体现着名家坦率、认真、诚实、中肯之风范。文风实在，热情洋溢，评说多有赞许和厚爱，令人深有受宠若惊和不安之感。资深媒体人、《兰州日报》副总编辑、高级记者刘学清同志，对书稿做了认真的订正，并提出了许多宝贵的修改意见。好友王爱族同志对初稿做了精心阅改。在此，一并表示崇高的敬佩和感谢。同时也对本书初稿在打印、校订等方面给予帮助和支持的亲友表示真挚的谢意。

文中记述，只是情感的剪辑，足迹的串联，悟心的积累和记忆的收藏，谈不上什么文艺创作。文学艺术，我只是业余爱好，所写文字因文化素养、写作水平、阅历学历的局限，难免存在这样那样的错误和不妥，敬请读者包涵。

作者　杨志奇

2019 年 8 月 16 日